# CASACO MARROM

GISELLE NOGUEIRA

# CASACO MARROM
O amor nos tempos de guerrilha

RIO DE JANEIRO | 2010

CIP-Brasil. Catalogação-na-fonte
Sindicato Nacional dos Editores de Livros, RJ.

N712c   Nogueira, Giselle Maria Bernardes, 1950-
        Casaco marrom: o amor nos tempos de guerrilha / Giselle
        Nogueira; ilustrações Igor Campos. – Rio de Janeiro: Galera Record,
        2010.
        il.

        ISBN 978-85-01-07315-9

        1. Jovens – Atividades políticas – Ficção. 2. Ditadura militar
        – Ficção. 3. Romance brasileiro. I. Título

08-4651                              CDD: 869.93
                                     CDU: 821.134.3(81) -3


Copyright © Giselle Nogueira, 2010

Revisão técnica: Alessandra Ciambarella Paulon
Capa e ilustrações: Igor Campos

Todos os direitos reservados. Proibida a reprodução, no todo ou em parte,
através de quaisquer meios.
Os direitos morais do autor foram assegurados.

Texto revisado segundo o novo Acordo Ortográfico da Língua Portuguesa.

Ilustração e design de capa e vinhetas de miolo: Igor Campos
Composição de miolo: Abreu's System

Direitos exclusivos desta edição reservados pela
EDITORA RECORD LTDA.
Rua Argentina 171 – Rio de Janeiro, RJ – 20921-380 – Tel.: 2585-2000

Impresso no Brasil

ISBN 978-85-01-07315-9

PEDIDOS PELO REEMBOLSO POSTAL
Caixa Postal 23.052 – Rio de Janeiro, RJ – 20922-970

EDITORA AFILIADA

*Aos meus amigos:*
*(os quais não preciso nominar)*
*eles sabem quem são.*[1]

---

[1] Agradecimento plagiado do escritor cubano Antônio Orlando Rodrigues.

*"...O que dizer do que se passou há 30 anos, de quantas maneiras cada um de nós viveu aqueles momentos, que cicatrizes deixaram, que mágoas, que tristezas, que alegrias, que arrependimentos. Mas saiba, companheiro, que nenhuma história lhe explicará, nenhum artista alcançará escrever, ou pintar ou filmar nada nem remotamente parecido com o furacão de medo e coragem, ternura e brutalidade, ânsia de vida e morte e de glória que habitava o seu coração, e portanto não exija de um filme, ou de um livro, que seja verdadeiro. Esta verdade é só sua, tragicamente sua, não faz, nunca fez, não fará parte de nenhuma história..."*

Jorge Nahas[2]

---

[2] Jorge Nahas é médico, ex-militante do Colina (Comando de Libertação Nacional) e da VPR (Vanguarda Popular Revolucionária). Foi preso em janeiro de 1969, sendo um dos 40 presos políticos libertados em troca do embaixador alemão Von Holleben, em 1970. Exilou-se em Cuba, onde concluiu o curso de Medicina. Regressou ao Brasil em 1979, com a Anistia. O texto foi extraído do artigo "O que foi aquilo, companheiros?", publicado no jornal *O Tempo* de Belo Horizonte, em 11/5/1997, e no livro *Versões e ficções: o sequestro da história*. São Paulo: Perseu Abramo, 1997, p. 138-140.

# Apresentação

Algumas vezes fui chamada para falar em colégios sobre a minha militância política, iniciada na década de 1960, aos 16 anos. Ao final da palestra, alguns alunos sempre faziam seus depoimentos, concluindo que teria sido melhor viver naqueles tempos, os chamados "Anos Rebeldes" (ou de "Chumbo"). Para eles, havia mais batalhas a serem vencidas, causas pelas quais lutar. Certo dia, cheguei a ouvir de uma menina que "a vida hoje não tem graça".

É claro que os anos 1960/1970 sofreram muita transformação, no mundo todo. Revoluções foram travadas em múltiplas trincheiras, não apenas na da política. Heróis existiram, sim. Era comum qualificá-los como "jovens sonhadores que queriam mudar o mundo". Como se o sonho, a força motriz da esperança que nos impulsiona, que nos faz sair do lugar, fosse um sentimento menor.

Mas a história não é feita apenas de heróis. É feita por aqueles que propagam, em qualquer tempo, essa esperança: acreditam na vida. No anonimato e na pequenez de nosso cotidiano é que povoamos o mundo de exclamações e interrogações, muitas vezes esquecendo-nos do bom-senso das vírgulas, mas, nem por isso, optando pelas falsas e ambíguas reticências, ou nos protegendo entre parênteses.

Foi, portanto, pensando nos jovens de hoje que decidi escrever este livro. Tomando como roteiro minha experiência, como na música "Casaco marrom",[3] voltei aos meus velhos tempos para reviver Raquel. Uma garota ingênua, sonhadora, rebelde, generosa e solidária, como milhares que estão por aí, nesse rico e, às vezes, doloroso aprendizado. Manter esses sentimentos é o maior desafio. Não sucumbir é uma vitória. Na vida de cada um existem momentos em que a ficção parece querer tomar o lugar da realidade, e as semelhanças deixam de ser meras coincidências. Daí surgem as histórias. Esta é apenas uma delas.

---

[3] Música de Danilo Caymmi e Renato Correa, letra de Guttemberg. Guarabyra, vencedora do Festival de Música Brasileira de Juiz de Fora (MG), em 1969: "Eu vou voltar aos velhos tempos de mim — vestir de novo meu casaco marrom — tomar a mão da alegria e sair — *bye, bye*, Ceci, *nous allons*. — Copacabana está dizendo que sim — botou a brisa à minha disposição — a bomba H quer explodir no jardim — matar a flor em botão — eu digo que não — olhando a menina de meia-estação — alô coração, alô coração, alô coração."

# Capítulo 1

Os filhos da puta deixaram a moça exposta dentro de um jipe estacionado na praça principal da cidade — a da igreja Matriz — por pelo menos duas horas, naquele que ela ainda considera como o pior dia de sua vida: 10 de maio de 1970. Algemada, transtornada, chorando e morta de medo, ela foi vista pelas centenas de pessoas que saíam da missa naquele domingo infernal. Enquanto isso, os homens bebiam cachaça em um bar em frente.

Eram três, e a cara de um não lhe parecia estranha. Mas era impossível, naquela situação, associar aquele homem, com os olhos vermelhos, injetados de tanta bebida, ao simpático vendedor de pipocas que, todos os dias, se postava em frente à faculdade onde ela estudava. Um velhote gorducho, com a barba e o bigode já totalmente brancos, a quem os estudantes, ingênua e carinhosamente, chamavam de Noel.

Presa numa cidade do interior de Minas, ela nunca soube dizer quanto tempo levou para chegar a Belo Horizonte. Seu destino inicial era a sede da Polícia Federal. Mas lá, as ordens eram outras: devia ser transferida, imediatamente, para Brasília. Aquilo se mostrava pior do que um pesadelo; os militares a desejavam como se fosse um troféu.

Foi aí que a moça começou a se dar conta de que as acusações contra ela poderiam ser mais sérias do que pensara de início. Até então, tinha alimentado a ilusão de que estava sendo presa apenas por sua participação em assembleias estudantis e passeatas. Quem sabe identificada, por meio de fotos, na companhia daqueles que a polícia considerava "elementos suspeitos".

Durante intermináveis horas desse segundo trajeto, que durou até a madrugada do dia seguinte, ela remoeu pensamentos, tentando organizar suas lembranças: "Meu Deus, o que será que aconteceu? Do que estão me acusando? Será que vão me bater? Será que eu vou aguentar?"

A viagem — com o carro indo sempre a mais de 100 km por hora — foi interrompida duas ou três vezes para que os policiais almoçassem e bebessem. Em uma dessas paradas, ela pediu para descer. Não para comer, pois seria a última coisa que conseguiria fazer. Queria ir ao banheiro. Talvez o susto e a tensão dos últimos dias, tivessem antecipado sua menstruação, e ela sentia que o sangue escorria-lhe pelas pernas. "Mais essa humilhação", pensou.

— Você vai descer, mas a qualquer tentativa de fuga, a qualquer sinal, nós atiramos pra valer, nos dois — advertiu um dos policiais, fazendo um movimento com o braço e deixando ver a arma escondida sob o colete preto.

Raquel, esse era o seu "nome de guerra", era transportada na companhia do cunhado. Ela só tinha 20 anos.

Trinta anos depois, ao relatar sua história, ela ainda se esforça para conter a emoção que a constrange, enquanto revolve parte do seu passado. Entre pausas, o olhar perdido aqui e ali, ela permite que as lembranças — durante tanto tempo acomodadas em algum compartimento de sua memória — aflorem com nitidez, em sequência perfeita, como o roteiro de um filme.

Ela se lembra perfeitamente do dia em que o som estridente da campainha do portão despertou a casa toda, antes mesmo de o grande relógio da sala compassar as seis badaladas da manhã. Ela dormia em uma cama improvisada em um minúsculo escritório doméstico e levantou-se sobressaltada, tropeçando em uma cadeira. Uma das paredes do cômodo estava totalmente ocupada por uma estante com prateleiras repletas de livros, gavetas, um aparelho de TV e um toca-disco. Sobre uma escrivaninha, uma máquina de escrever portátil. Ao lado, em uma pequena mesa de cabeceira, um abajur, um cinzeiro e um despertador. Um pôster de Che Guevara completava a decoração.

Raquel achou estranho a campainha ser tocada àquela hora. Talvez fosse o leiteiro, mas ele sabia muito bem como abrir o portão. Intrigada, atravessou a sala, abriu a porta e saiu para a varanda. Era, na verdade, um estreito corredor, com cerca de cinco metros de comprimento, abarrotado por uma coleção de vasos de samambaia. Lá fora um homem a esperava. Cerca de 40 anos, forte, cabelos pretos e lisos, usava calça jeans, mocassins brancos sem meias e um colete preto sobre a camiseta. Ressabiada, ela se aproximou e sua reação foi instintiva ao ver a identificação que lhe era exibida. Pediu ao policial que esperasse pois ia buscar a chave do cadeado do portão. Em seguida, tentando manter-se calma, sentindo as pernas bambas, voltou para a sala.

Enquanto isso, do outro lado da rua, dois homens desceram de um jipe e foram ao encontro do primeiro, postado em frente ao portão. Um deles era um velho gorducho, de barbas, estilo Papai Noel, aparentando mais de 60 anos. O outro, um mulato jovem, troncudo, baixo, cabeça raspada. Ambos também usavam coletes pretos.

Raquel entrou na sala e quase trombou com a mãe. Dona Bené se levantara e já ralhava por tamanha confusão quando, de outro quarto, sem que ela percebesse, surgiu o cunhado com expressão contrariada. Aparentava 30 anos, era magro, alto, moreno, tinha a barba cerrada e usava bigodes. Seus traços revelavam sua remota ascendência árabe.

— O que é isso? Que confusão é essa? Você quer acordar o seu cunhado? — indagou a mãe.

— Já acordou — interrompeu o rapaz, enquanto caminhava em direção à porta da sala. — Só pode ser algum daqueles porras-loucas com quem ela está andando pra tocar na casa dos outros, a essa hora. Olha aqui...

O cunhado ia continuar o sermão, mas reteve o passo e o discurso quando ouviu a garota sussurrar:

— Mãe, é a polícia...

E, sem maiores explicações, correu para os fundos da casa, atravessando a cozinha, saindo para o quintal. O cunhado foi em seu encalço, sem entender nada, nem saber o que estava acontecendo. Nesse momento, a irmã mais velha entrou na sala, com um bebê no colo, querendo saber o que estava acontecendo, mas ninguém lhe deu atenção.

— O quê? Volta aqui... Você ficou louca? — indagou a mãe, dirigindo-se a Raquel, que tentava saltar um muro.

Dona Bené estava como uma barata tonta. Não sabia se corria atrás da filha mais nova, se explicava para a outra o que estava acontecendo ou se ia lá fora falar com os policiais que já demonstravam impaciência. Percebendo que haviam sido enganados, eles tocavam a campainha com insistência, gritavam, sacudiam violentamente o portão.

— Abram! Abram, se não atiramos! — gritou um dos policiais.

— Mãe, a senhora pode me explicar o que está acontecendo? — perguntou a filha mais velha, também apreensiva.

— Não sei. A sua irmã...Tá cheio de polícia lá fora. Ai, meu Deus, o que será que ela fez? Eles vão acabar arrombando o portão! O que é que os vizinhos vão pensar? — lamuriava-se dona Bené, enquanto da porta da sala tentava acalmar os policiais.

— Já vai, já vai!

Enquanto isso, Raquel, com muita dificuldade, tentava escalar um muro de quase três metros de altura. O cunhado, então, buscou uma cadeira e ajudou-a saltar para o outro lado. Em seguida, voltou rapidamente para a cozinha, recolocando a cadeira no lugar.

No portão da casa, o barulho dos policiais chamou a atenção dos vizinhos. Eles olhavam das janelas das casas em frente, mas ninguém se atrevia a sair. Foi quando o leiteiro chegou, enfiou a mão pela grade do portão, pegou a chave que estava dependurada do lado de dentro e abriu o cadeado. Os policiais empurraram o pobre homem, derrubando as duas garrafas que ele trazia nas mãos, e entraram correndo pela varanda.

— Sai da frente! — gritou um dos policiais.

— Some daqui, sua besta! — gritou o outro, o mais velho.

Os policiais praticamente invadiram a casa, armas em punho, procurando em tudo quanto é canto. Abriram armários, vasculharam debaixo das camas, arrastaram móveis, vistoriaram até o berço do bebê. Houve muita confusão e gritaria.

— Cadê aquela pilantra! Apareça! Ela me paga! — ameaçava um dos homens.

A mãe estava atordoada, chorava muito e era incapaz de falar. Não conseguia responder aos policiais, enfurecidos por constatar que a garota conseguira fugir.

— O que é que a menina fez? Ela não tem culpa de nada. Ela estava aqui, dormindo... — a mãe tentava explicar.

— Ela só pode ter pulado aquele muro — concluiu o policial mais velho. — E alguém ajudou. Sozinha ela não conseguiria. É muito alto. Se não foi a velha, só pode ter sido o rapaz aí.

— É isso mesmo — confirmou o outro policial. — Se ela não aparecer, alguém aqui vai preso em seu lugar. Com as mãos abanando é que nós não vamos voltar. Como é que vamos explicar que a caça deu no pé...?

— Que fomos enganados... — completou o mulato. — Isso, nem pensar!

— Não, moço, ninguém ajudou, não — intercedeu a mãe. — Ela deu conta de pular sozinha. Essa menina sempre foi meio moleca. Vivia subindo em muro quando era pequena...

— Fica calma, dona Bené. A senhora vai acabar passando mal — aconselhou o genro. — Deixa que eu vou procurá-la. Ela não deve ter ido muito longe...

Enquanto a mãe e o genro conversavam com os policiais, a irmã, com o filho se esgoelando no colo, discretamente embrenhou-se pelo interior da casa. Foi até o escritório onde Raquel dormira, pegou alguns livros e papéis — que supunha pudessem ser incriminadores — e escondeu-os sob o colchão do berço do bebê, no quarto ao lado. Voltou para o escritório apressada, tirou o pôster do Che Guevara da parede e também colocou-o no mesmo esconderijo. De longe ela escutava as ameaças dos policiais.

— Cala a boca, ô rapaz! Você vai ficar é aqui! — ordenou um dos homens. — E a senhora — continuou —, dê um jeito de achar sua filha, senão nós vamos levar é o seu genro. Ou prefere que a gente leve a outra? Pode escolher: ou ele ou...

Mordendo os lábios para conter a raiva, a irmã de Raquel colocou uma chupeta na boca do filho para acalmá-lo e entrou na cozinha, interrompendo o policial.

— Pode deixar. Eu vou procurar a minha irmã. É só o tempo de eu trocar de roupa. E a senhora, mãe, cuide do menino. Coitadinho, ele está assustado.

— Também, não é pra menos — acentuou o marido.

Nesse momento, vindo de um dos quartos, surgiu um adolescente, portador de síndrome de Down, o irmão mais novo de Raquel. Ele aproximou-se dos policiais, sorrindo, e estendeu a mão querendo cumprimentar. Um dos homens, um pouco desconcertado, teve um ímpeto de retribuir ao cumprimento, mas interrompeu o gesto, irritado. A mãe abraçou o filho com carinho e levou-o para um canto, fazendo-o sentar-se. Ele, então, iniciou um movimento ritmado, para a frente e para trás, característico dos autistas. Os policiais saíram para o quintal e um deles abaixou-se oferecendo apoio para que o outro subisse em suas costas e espiasse por cima do muro.

    Raquel havia saltado para um terreno baldio e, na queda, perfurara o pé esquerdo. Ela parou para retirar o graveto encravado no calcanhar e, rapidamente, levantou-se e continuou a correr com dificuldade, em razão do ferimento. Sua expressão era de pânico e de dor. Mesmo assim, atravessou todo o terreno e saltou outro muro, indo dar em uma rua paralela à de sua casa. As alunas de um colégio de freiras que passavam pelo local gritaram assustadas ao vê-la de camisola, descalça, com o cabelo desgrenhado, quase cair em cima delas, e depois atravessar correndo a praça, como se fosse uma louca.

    Realmente, ela havia perdido completamente o controle de suas ações. Agia movida exclusivamente pelo instinto que se apossara dela desde o instante em que o policial se apresentou. Vestia apenas uma camisola de flanela rosa, bem infantil, fechada até o pescoço. Nada das rendas e transparências com as quais o colunista social, do único jornal da cidade, iria ilustrar sua nota no dia seguinte.

    Raquel embrenhou-se por uma rua lateral e, também sem pensar em nada, tocou desesperadamente a campainha de uma casa. Uma senhora atendeu-a e ela entrou rapidamente, trancando a porta atrás de si, enquanto perguntava se sua amiga, a professora, estava.

    — Não, ela já saiu — respondeu a mulher. — Ela foi para a escola. Mas o que está acontecendo? Você está transtornada...

    — Não é nada, não. A senhora me desculpe. Eu não posso falar agora — explicou Raquel. Indiferente à expressão atônita da mulher, sem dar-lhe uma explicação plausível para aquela invasão, mas também sem lhe dar tempo de reagir, entrou em um quarto e vestiu a primeira roupa que encontrou. Calçou uns chinelos e saiu novamente para a rua, aparentando calma e tomando precauções para não dar de cara com os policiais. Na praça, pegou um táxi pedindo ao motorista que a levasse até uma escola na saída da cidade.

— O senhor sabe onde fica aquela escola secundária grande, perto da caixa-d'água?

— Sei — respondeu o homem.

— Então vamos para lá, o mais rápido possível. É caso de vida ou morte.

O motorista saiu em disparada. Sentada no banco de trás, Raquel abaixou a cabeça e colocou a mão na testa, tentando, desfarçadamente, tampar o rosto. O motorista observava-a pelo espelho retrovisor, um pouco intrigado. Nervosa, ela balançou uma das pernas durante todo o trajeto, até chegarem à escola, onde alguns alunos conversavam do lado de fora e outros brincavam no pátio interno. Logo que desceu do carro, ela abordou um dos meninos — e este apontou para uma das salas — e, em seguida, voltou-se para o motorista.

— Quanto é?

Como não havia taxímetro, o preço das corridas era cobrado aleatoriamente. O motorista fez uma expressão de quem estava fazendo um cálculo e respondeu:

— Uns cinco cruzeiros[4] pagam.

— Então o senhor espere aqui, por favor, que eu vou lá dentro pegar o dinheiro. É rapidinho.

---

[4] O cruzeiro novo (NCr$) foi uma moeda do Brasil que circulou transitoriamente no país no período entre 13 de fevereiro de 1967 e 14 de maio de 1970.

Raquel saiu correndo, quase que pulando em um só pé, por causa do ferimento, e entrou na sala para onde o garoto havia apontado.

— O que é isso? O que aconteceu? — indagou a professora, como se estivesse diante de um fantasma, ao ver a garota irromper pela sala, esbaforida, pedindo dinheiro emprestado para pagar um táxi. E, além do mais, vestindo suas roupas. Os alunos ainda não haviam entrado.

— Calma, eu explico. Mas, antes, me empresta cinco cruzeiros novos para pagar o táxi.

A professora pegou a bolsa em cima da mesa, entregou-lhe o dinheiro e Raquel saiu correndo. Da janela, ela acompanhou toda a movimentação da amiga, vendo-a pagar o motorista e voltar para a escola, virando-se apreensiva quando esta retornou, mal conseguindo respirar.

— Eu preciso que você me ajude. A polícia está atrás de mim. Eles querem me levar...

— Como? Polícia? Levar para onde? — indagou a professora. — Explique isso direito. Mas, antes, fique calma. Eu vou buscar um copo d'água com açúcar...

— Não, não é preciso — interrompeu Raquel. — É isso mesmo: Polícia, Polícia Federal. Eles foram lá em casa, mas eu consegui fugir pelos fundos. Pulei o muro, saí na praça e depois corri até sua casa. Sua mãe, coitada, não entendeu nada. Eu fugi do jeito que estava: de camisola, descalça... Até machuquei o pé.

— Que horror! Isso é loucura! E agora, o que você vai fazer? Por que eles estão querendo prendê-la?

— Não sei. Não sei de nada. Só sei que preciso sair daqui e arrumar um advogado. E pode ficar tranquila porque eu não vou deixar que você seja incriminada. Ninguém sabe que eu vim até aqui. Quer dizer, só o motorista do táxi.

— Mas o que você está pensando em fazer? Vai para onde? Para Belo Horizonte?

— Não, para lá eu não posso. Eu estou pensando em ir daqui para a casa do meu tio. Lá, eu consigo dinheiro para chegar até São Paulo e, depois, ao Rio de Janeiro. Tenho que achar meus amigos no Rio. Preciso saber o que aconteceu, por que estão atrás de mim. Tem quase um mês que estou aqui, sem nenhum contato.

— A essa hora o jeito é irmos para a beira da estrada e tentar pegar uma carona, pelo menos até o trevo. Você fica lá e espera o ônibus — orientou a professora. — Eu tenho pouco dinheiro, mas acho que dá para pagar a passagem. Ai, meu Deus: será que isso vai dar certo? Não é melhor você voltar para casa?

— Não, vamos embora! Eu não posso perder tempo.

As moças deram sorte. Na estrada, ao primeiro sinal de carona, o motorista de um fusca parou. Era um ex-aluno da professora que se mostrou solidário. Raquel entrou no carro e o jovem imediatamente deu a partida, sem dar tempo para despedidas.

O motorista deixou Raquel no trevo, onde ela permaneceu aguardando o ônibus por várias horas. Ao chegar à casa dos tios, que há muito tempo não via, nem precisou inventar uma desculpa para a visita inesperada. Eles já sabiam da ocorrência, pois dona Bené tratou de informá-los por telefone. Sem condições de dar aula, a professora dispensou a classe e correu para a casa da amiga. Quando chegou, os policiais haviam saído para fazer o que deveriam ter feito antes, ou seja, vasculhar as imediações. Assim, ela pôde relatar os últimos acontecimentos à família e quais eram os planos da garota.

Nervoso, andando de um lado para o outro, o homem não escondia a irritação com tudo aquilo, com receio de se comprometer por dar guarida à sobrinha. Apenas consentiu que ela pernoitasse em sua casa, deixando claro que não moveria uma palha para ajudá-la a chegar até São Paulo, como era o seu plano inicial. De lá, ela pretendia seguir para o Rio. Mas, para isso, precisava de dinheiro.

— Você é louca? Sua mãe está desesperada. Que loucura é essa de querer nos comprometer? Vão acabar achando que eu tenho alguma coisa com isso.

— Calma, homem, está deixando a menina mais nervosa. Coitada... — intercedeu a tia. — Você tem certeza que não quer comer nada? Deve estar com fome. Desde cedo nessa confusão... Um pedacinho de bolo, pelo menos.

— Não, senhora. Não se preocupe.

— Não se preocupe? Você arma essa confusão toda, envolve a família inteira e pede para não nos preocuparmos? E tem mais: pode tirar o cavalinho da chuva. Aqui não tem dinheiro, não tem nada para você. Se quiser continuar nessa loucura, pode dar outro jeito — avisou o tio.

O pior é que ele tinha razão. O pânico era geral, como se a nação inteira estivesse sob suspeita. Não havia muito espaço para meios-termos. Quem não estivesse a favor, estava contra. Quanto à dona Bené, esta odiava os militares. Não por motivos políticos, mas por ter transferido para eles todo o rancor que tinha com relação ao ex-marido, um capitão, de quem, havia muitos anos, estava separada. Nutria por eles um profundo desprezo, mas, na mesma proporção, temia-os. Toda a corporação, independentemente da patente, fora estigmatizada para sempre em função de sua história pessoal. Por isso, desde que o irmão lhe confirmara a chegada de Raquel, ela utilizava todos os argumentos que podia para convencer a filha a voltar.

— Se você for presa fugindo, sozinha, sabe-se lá o que pode acontecer... Afinal, quem não deve não teme.

O argumento decisivo, contudo, era que se Raquel continuasse insistindo na fuga prejudicaria toda a família. Os policiais ameaçavam levar alguém em seu lugar. O cunhado ficaria marcado para sempre, sem seu emprego público e com um filho pequeno para criar. Que não fosse egoísta e pensasse na irmã. E também nela, sua mãe, que não iria aguentar mais esse golpe na vida. Os homens haviam concordado em aguardá-la até o dia seguinte, mas mantinham a família sob uma espécie de custódia.

— Não basta o que estamos passando? A cidade inteira está comentando! — censurava.

Nisso, a mãe estava certa. A notícia da fuga e, principalmente, o motivo da fuga caíram na cidade como uma bomba, propagando-se como rastilho de pólvora na boca do povo. Os próprios policiais, sem terem o que fazer enquanto aguardavam o retorno da fugitiva, bebiam cachaça no bar da praça, aproveitando para dar suas versões da história:

— Guerrilheira, assalto a banco, sequestro...

Simultaneamente, nas imediações do pequeno sobrado onde sua família morava, grupinhos de curiosos se formaram. Mas poucos, somente os muito amigos, uns dois ou três, é que se atreveram a entrar.

— Essa aí é outra... — alguém insinuou, quando viu a professora chegar.

Foi assim, sem qualquer alternativa, que Raquel acabou concordando em se entregar. Passado tanto tempo, ela não se lembra mais de como retornou à casa, no dia seguinte àquela fuga espetacular. Talvez o tio a tenha levado, no sábado, como prova de que estava colaborando. O certo é que, no domingo bem cedo, os três policiais voltaram para buscá-la. Ela nem imaginava o que ainda estava por vir. E este poderia ter sido considerado o fato do século naquela cidade, caso, muitos anos depois, dizem, um E.T. também não tivesse sido, ali, caçado e capturado.

## Apesar de você

*Naquele dia 10 de maio de 1970, a imprensa do mundo todo noticiava a megamanifestação pacifista ocorrida em Washington, em frente à Casa Branca, contra a intervenção dos Estados Unidos no Camboja. Os números divulgados variavam entre 100 e 200 mil pessoas. Foram mobilizados 5.600 soldados, mas nenhum incidente grave foi registrado.*

*No Brasil, naqueles dias, a atenção do país estava toda voltada para a convocação da Seleção, que o técnico Zagallo mantinha sob suspense, principalmente a possível inclusão do craque Tostão, com problema nos olhos, para disputar a Copa do Mundo no México. Nas rádios, um hino ufanista exaltava: "Todos juntos, vamos/ pra frente Brasil, salve a Seleção." A ordem era: "Brasil, ame-o ou deixe-o."*

*Era o auge da ditadura, no sangrento período do general Emílio Garrastazu Médici. Em março, o papa Paulo VI havia condenado a tortura brasileira. A acusação foi veementemente negada pelo presidente, em nota oficial amplamente divulgada pela imprensa no dia 9 de maio, quando ele chegou a sugerir a criação de uma comitiva internacional, constituída, inclusive, por jornalistas, para visitar as prisões do país (o que não aconteceu).*

Ainda em maio de 1970, a liberdade de expressão viria a sofrer mais um golpe: o Congresso havia aprovado a censura a livros e periódicos. A censura à imprensa estava em vigor desde fevereiro de 1967, quando foi promulgada a Lei nº 5.250, no governo Castelo Branco, cujas ações foram acentuadas e ampliadas com o AI-5, em dezembro de 1968. A nova medida foi aprovada, ironicamente, no Dia da Imprensa Nacional (13 de maio), motivando um vigoroso editorial do Jornal do Brasil: "A Marcha do Obscurantismo" (14-5-1970).

Com a censura, iniciara-se o "ciclo informativo" dos releases oficiais, aos quais, lamentavelmente, uma banda da imprensa e dos repórteres se viciou. Não fosse a corajosa postura de alguns jornais e jornalistas, alvos de toda a sorte de pressões e ameaças — políticas e econômicas —, parte da história do país teria passado em branco. Assim como alguns veículos de comunicação lutavam, brava e criativamente, para burlar a atenção dos censores, outros segmentos da atividade artística e cultural do país — sobretudo o da música —, também se empenhavam para dar um colorido à sombria mediocridade em que tentavam mergulhar o país. Naquele primeiro semestre de 1970, no Rio de Janeiro, enquanto a meteórica Elis Regina brilhava no Canecão, Maria Bethânia e Ítalo Rossi davam seu recado no teatro Casa Grande, com o espetáculo Brasileiro, profissão: esperança. Na boate Sucata, recém-chegado do exílio na Itália, onde compôs a sua memorável "Apesar de você", Chico Buarque reinava.

# Capítulo 2

Para Raquel, sua família resumia-se à mãe, à irmã — sete anos mais velha —, ao irmão caçula, ao cunhado e ao sobrinho de oito meses. Do pai, há muito não tinha notícias. Sabia apenas que morava no Piauí, desde que, seis anos antes, sem se despedir da filha, deixara a casa para nunca mais voltar.

Quando a família mudou-se para o interior, Raquel, então com 17 anos, permaneceu em Belo Horizonte para tentar o vestibular. Um ano depois largou tudo e foi para o Rio de Janeiro. Ela não era feia e tinha um corpo benfeito. Com pouco mais de 1,60m de altura, tinha lá o seu charme, concentrado, sobretudo, nos grandes olhos castanhos que lhe davam uma aparência de estar sempre assustada. Ela era alegre, gostava de cantar e tocar violão. Adorava ler, ir ao cinema e namorar. Eventualmente, em geral nas datas festivas obrigatórias (aniversários, Dia das Mães e festas de fim de ano), visitava os parentes e, lá, portava-se como as outras meninas de sua idade: ia a barzinhos, festas, bailes no clube, enfim, tinha uma vida social.

Pelo fato de morar no Rio (o que, então, era considerado o máximo), sua chegada era até registrada na coluna social: "Chegou a nossa Gal Costa." Uma alusão aos seus cabelos compridos e encaracolados, os quais, graças ao tropicalismo de Gil e Caetano, haviam sido resgatados pela moda. Um alívio: o fim dos rolinhos gigantes, das escovas e secadores, das pastas de alisar à base de soda cáustica. Uma verdadeira tortura que quase lhe arrancava o couro cabeludo.

Em que pesem as contribuições da mãe e da irmã, obcecadas com a boa aparência, seu guarda-roupa basicamente se resumia às calças jeans e camisetas de algodão, sandálias e tamancos, colarzinhos de contas e bolsas a tiracolo. E toda essa excentricidade lhe era perdoada. Mas o que a mãe, a irmã e o cunhado não perdoavam mesmo — e por isso, no fundo, talvez até preferissem que ela aparecesse pouco por lá — eram as tais más companhias, mesmo que algumas fossem provenientes de respeitáveis famílias.

Aquela cidade no sul de Minas era extremamente conservadora e Raquel tinha dificuldade em manter as aparências. Sozinha, no Rio ou em Belo Horizonte, ela vivia em total liberdade, sem se preocupar com falatórios. Assim, em suas curtas temporadas, por meio da professora, aos poucos cercou-se das pessoas com as quais se identificava mais, pejorativamente alcunhadas de "os poetas, os loucos e os bêbados" do lugar.

A professora era considerada a intelectual da cidade. Magrinha, de óculos, com os cabelos sempre amarrados, com seus quase 30 anos, já estava fadada a ser também a solteirona do local. Mesmo porque a sobriedade no seu modo de vestir, além da postura recatada, impedia que sua beleza fosse notada pelos rapazes.

Essa moça vivia cercada de livros, aguardando, ansiosa, a volta dos amigos que estudavam fora, trazendo notícias de outros mundos em suas bagagens de férias. Dentre esses, estava Raquel, cuja liberdade ela invejava, sonhando com o dia em que também daria as costas àquela vida provinciana e casta. Mas ainda lhe faltava coragem. Uma coragem que não hesitou em demonstrar, quando, naquela fatídica manhã, a amiga lhe pediu socorro.

Quando o grande relógio começou a tocar as cinco badaladas da manhã, dona Bené entrou na sala e surpreendeu-se com a filha sentada no sofá, já arrumada, pronta para sair. A bem da verdade, Raquel não havia pregado o olho. Vestia uma roupa sóbria, escura, abaixo dos joelhos, emprestada da irmã. Os cabelos estavam presos. Segurava uma sacola em que colocara apenas um sabonete, uma toalha de rosto, creme dental, escova de dente, um pente e uma calcinha. A mãe, que não tinha a menor ideia do tipo de vida que ela levava fora dali, acabou conseguindo convencê-la de que, sem dúvida, ela estaria de volta no dia seguinte. Nos quintais vizinhos, o canto dos galos anunciava o dia. No aparador, havia um cinzeiro abarrotado de tocos de cigarro.

— Você não deve ter dormido nada, não é? Parece um pesadelo. Rezei a noite toda para Nossa Senhora a proteger. Eu vou fazer o café, porque daqui a pouco eles estão chegando — avisou a mãe.

— Eles não deram nem uma dica do motivo pelo qual estão me prendendo? Foi alguém que "caiu"?

— Como? — perguntou dona Bené.

— É. Alguém que foi preso e me entregou, falou meu nome...

— Nada. Falaram apenas que eram ordens superiores. Não será aquele namorado que você trouxe aqui em casa aquela vez?

— Não. Ele nunca faria isso. Além do mais, tem muito tempo que a gente não se encontra — explicou Raquel, enquanto acendia outro cigarro.

— Não se preocupe, minha filha. Amanhã você estará de volta. Tenho fé em Deus. Pode ficar tranquila que eles vão ver que você não tem nenhuma "culpa no cartório". E responda a tudo o que eles perguntarem, direitinho. Não esconda nada... — orientava. — Mas, agora, anda, venha comer. Cigarro, só, não enche barriga. Você deveria aproveitar e parar de fumar. Faz uma promessa...

— Ai, mãe, me dá um pouco de sossego. Eu não quero nada. Quero ficar quieta, preciso pensar.

— Deveria ter pensado antes... — retrucou dona Bené. — Aliás, a culpa toda é desses seus amigos, principalmente daquela lambisgoia que te carregou para o Rio. E minha também. Eu não deveria ter deixado você sozinha quando viemos para cá. Você nunca teve juízo. Também, teve a quem puxar: é igualzinha ao pai.

Era uma cantilena horrorosa que durava desde que Raquel retornara da casa dos tios. E, desse jeito, ela não conseguia raciocinar. Queria entender como é que os policiais descobriram que estava ali. Afinal, fazia parte de suas normas de segurança não dar o endereço da família para ninguém. Ou melhor, fizera exceção para uma única pessoa. Um ano antes, levara um amigo até lá. "Mas ele nunca faria uma coisa dessas", pensou, enquanto continuava a se martirizar.

Desde a noite de sua tentativa de fuga, que também passara em claro na casa dos tios, Raquel buscava uma saída. Alguma coisa que pudesse justificar seus atos para a família, que aliviasse um pouco a vergonha e a culpa pelo que lhes pudesse acontecer. Absorta, ignorando a ladainha da mãe, ela continuava fumando e nem reparou quando a irmã e o cunhado entraram na cozinha, sentaram-se à mesa e começaram a tomar o café, em silêncio. Ambos estavam apreensivos. Quando estudantes, em Belo Horizonte, eles também haviam participado de grupos políticos de esquerda, no movimento estudantil, e podiam avaliar melhor a gravidade da situação, embora não soubessem, exatamente, em que a garota se metera.

Apesar da expectativa, todos ficaram sobressaltados quando a campainha tocou. A mãe, a irmã e o cunhado imediatamente olharam para Raquel, que, lentamente, com a mão trêmula, apagou o cigarro, como se quisesse, na meticulosidade do gesto, adiar aquele terrível momento. Em seguida, levantou-se, apanhou a bolsa deixada sobre o sofá da sala e caminhou em direção à porta.

Era domingo, Dia das Mães. Raquel não se recorda de abraços e beijos na despedida, mas se lembra do choro do sobrinho ao ver a tia e o pai irem embora. Ambos entraram no jipe em silêncio. O genro fora convencido pela sogra de que, em Belo Horizonte, seria só o tempo de a filha explicar que era inocente e voltar. A preocupação de dona Bené era a de que ela viajasse sozinha, na companhia daqueles três homens, ou que tentasse fazer outra besteira durante a viagem. Antes de partirem, contudo, os policiais estacionaram o veículo na praça, na porta de um bar, e ordenaram ao rapaz que os esperasse na calçada. Deixaram a menina exposta à curiosidade de quem passasse, naquele domingo infernal.

A presença silenciosa do cunhado acabou, realmente, dando a Raquel um pouco mais de segurança e consolo. Ele poderia ter voltado para casa quando, em Belo Horizonte, na sede da Polícia Federal, foi dada a ordem de levá-la para Brasília. Mas ele não quis. Os policiais, posteriormente, foram até repreendidos por isso. Não deveriam ter permitido.

Fazia frio e Raquel, durante toda a noite, se manteve abraçada à sacola que trouxera, tentando se aquecer, pois não levara nenhum agasalho. Já em Brasília, na entrada da cidade, o motorista do Toyota, o mulato de cabeça raspada, parou o veículo, pegou um mapa no porta-luvas e comentou alguma coisa com o colega a seu lado. Ao dar novamente a partida, ele manteve o mapa aberto sobre as pernas e prosseguiu prestando atenção às placas de sinalização, mas não conseguiu encontrar a entrada do Eixo Principal. Era evidente que estava perdido.

— Puta que pariu! Isso aqui é tudo igual, não tem rua, porra! — esbravejou.

Finalmente, depois de muitas voltas, ele conseguiu chegar ao centro comercial de Brasília. Estacionou em frente a um edifício que exibia em sua fachada o nome de um importante banco estatal, impresso em letras garrafais. Adiantando-se aos demais, o policial que parecia ser o chefe do grupo se aproximou do vigia, exibiu sua identificação, e foi orientado a entrar no prédio pela porta lateral.

Calados, Raquel (algemada) e o cunhado caminharam à frente dos dois policiais por um largo e extenso corredor. Como os elevadores estivessem desligados, eles desceram dois lances de escada. O ambiente tinha um aspecto soturno, acentuado pela iluminação fraca e pelo mármore escuro das paredes. Percorreram outro corredor e, ao final, uma porta gradeada introduzia a uma minúscula antessala, onde um funcionário, pelo visto recém-acordado, se espreguiçava atrás de um guichê. O chefe do grupo se aproximou e estabeleceu com ele um diálogo inaudível para os demais, que se mantinham um pouco atrás. O funcionário fez algumas ligações, anotou um endereço e entregou o papel àquele que o abordara.

Mais algumas voltas pela cidade e, por fim, o jipe foi estacionado diante de um pequeno posto policial na Asa Sul. O céu esbranquiçado no horizonte prenunciava que um dia chuvoso não tardaria a nascer. Sob o olhar dos policiais, Raquel se despediu do cunhado com um abraço. O rapaz estava visivelmente emocionado e ela não conseguia reter as lágrimas, que deslizavam pela face em um pranto silencioso. O carcereiro se aproximou e, pelo braço, conduziu-a até uma porta gradeada, nos fundos da sala. Desceram por uma escada iluminada apenas pela luz que se infiltrava da rua. No penúltimo degrau ele parou e, praticamente empurrando-a, apontou para um canto.

— Se ajeita por aí.

O homem saiu fechando a porta, tornando o local completamente escuro. Um porão com duas ou três celas, verdadeiros cubículos, sem iluminação, onde havia apenas um colchão estendido, e cujo espaço só permitia que alguém permanecesse deitado ou sentado. Estava entregue. Sua cabeça parecia que ia estourar, mas ela não mais chorava. Ali, sozinha naquele oco escuro, impregnado pelo cheiro de mofo e de alguma latrina suja, ouvia aterrorizada o farfalhar das asas das baratas, em frenético ir e vir, talvez farejando no ar a nova fragrância de sangue e suor que ela trazia no corpo. A possibilidade de que alguma delas pudesse roçá-la encheu-a de asco e pânico. Então, com o intuito de espantar os insetos, ela começou a movimentar-se, lentamente, para a frente e para trás, no embalo ritmado dos autistas, como fazia seu irmão. Ela agia com cuidado, temendo que algum gesto viesse a ser interpretado como uma ameaça por qualquer outra espécie, mais agressiva ou peçonhenta, que também estivesse ali, compartilhando aquele espaço sombrio. Havia escutado muitas histórias e, para se defender de tantos medos, tomou uma decisão: "Aconteça o que acontecer, não vou gritar."

Horas depois, quando a escolta militar veio buscá-la, Raquel avistou, logo na saída, o cunhado. De longe, ele acenava, enquanto pedia a um dos soldados que lhe fizesse o favor de entregar a ela um pacote de absorventes.

— Mas é uma menina!

O capitão deixou escapar a exclamação quando viu Raquel entrar na sala, acompanhada por quatro soldados e um sargento. O vestido da irmã, comprido e folgado, com a saia manchada de sangue; as olheiras profundas, causadas pelas lágrimas e as três noites sem dormir, acentuavam sua fragilidade, em contraste com a aparência dos homens. Abatida, ela deixava-se conduzir como se fosse uma autômata, caminhando com dificuldade. Em meio a tudo aquilo, não dera importância ao pé — machucado durante a fuga — e, naquele momento, sentia a ferida latejar.

Aquela menina não tinha nada a ver com a "loura da metralhadora" cuja imagem, certamente, alimentava as fantasias do capitão e que, a partir daquele momento, estaria totalmente em seu poder. Ele era um homem moreno, esbelto, com pouco mais de 40 anos. Os cabelos castanhos, bastante lisos, começavam a ficar grisalhos, e as duas entradas acentuavam ainda mais a testa proeminente. Não fosse uma espécie de névoa ofuscando seu olhar, seria possível dizer que se tratava de um homem bonito. Estava impecável em sua farda de passeio, o que também permitiu a Raquel, acostumada aos rituais militares desde que nasceu, perceber que ele havia se preparado para um evento importante.

A imprensa sensacionalista criara o mito de uma espécie de supermulher, exímia atiradora, alta e bonita (é claro), fria e calculista. E era uma pessoa assim que o capitão esperava e que ele queria dominar. Algo que nem remotamente se parecia com a moça assustada que acabara de entrar e que não conseguia desviar dele os seus olhos grandes e arregalados.

Raquel teria um bom tempo para refletir sobre como tudo aquilo começou. O momento exato em que teria dado aquele passo que não nos permite mais retornar; quando daí para a frente, tudo passa a ser obra e acaso do destino, podendo nos conduzir a um abismo sem fim. Como no filme *Thelma e Louise*, de Ridley Scott. Foi então que ela pressentiu a solidão, definitivamente, pegando carona em sua vida. Parte da menina que ainda era morreria ali.

# Capítulo 3

Já na prisão, ao tentar recompor sua trajetória, Raquel percebeu que talvez o passo decisivo para que tudo tivesse acontecido fora dado há pouco mais de um ano, e suas lembranças voaram para um momento mágico de sua vida.

Como fora combinado, ela chegou às 22h em ponto. O ônibus partiria dentro de meia hora. Chovia e fazia frio. Vestia uma capa longa, rodada, estilo pelerine, abotoada apenas no pescoço, de lã xadrez azul-marinho e branca. Calçava botas pretas que se prolongavam até a metade das coxas e, na cabeça, usava um lenço de seda vermelho, amarrado em forma de turbante. Nas mãos, a bolsa e uma maleta, também de couro preto. Um verdadeiro despropósito para uma garota de apenas 18 anos, e para uma viagem noturna, em ônibus comum, de Belo Horizonte ao Rio de Janeiro.

Ele, o homem a quem ela queria impressionar, para quem havia se aprontado como se estivesse embarcando para a Europa, em voo de primeira classe, chegou logo depois. Usava tênis, calça e jaqueta jeans, uma bolsa surrada a tiracolo; um perfeito contraste com o estilo sofisticado que ela pretendia aparentar. Quando o viu, ela teve um ímpeto de livrar-se de tudo aquilo e se enfiar chão adentro. Deu-se conta do ridículo e foi acometida por uma despropositada timidez.

O rapaz tinha mais de 1,90m de altura e, assim como o castanho-dourado dos cabelos, o tom da pele lhe dava a aparência de estar sempre bronzeado. Os cílios enormes realçavam os olhos esverdeados, enquanto a barba e o bigode, que praticamente lhe encobriam os lábios, acentuavam ainda mais os dentes claros que iluminavam seu sorriso. Sem dúvida alguma era um homem extremamente belo, embora parecesse não se dar conta disso. Tinha um corpo perfeito, ainda que não fosse atlético. Chamava a atenção onde quer que estivesse, o que, naqueles tempos, não o favorecia nem um pouco.

Ao encontrar Raquel, vestida daquela forma espalhafatosa, ele também ficou um pouco desconcertado. Embora ela não percebesse, ele estava apreensivo, queria passar despercebido e fazia o possível para manter-se discreto. Sem qualquer motivo especial, os militares colocavam barreiras nas estradas. Os soldados entravam armados nos ônibus, revistavam todo mundo e ai de quem fosse considerado suspeito. Era dezembro de 1968.

Uma semana antes, no dia 13, o presidente Arthur da Costa e Silva havia assinado o Ato Institucional número 5 (AI-5), também conhecido como o "golpe dentro do golpe". Naqueles dias, centenas de pessoas — estudantes, trabalhadores, políticos, artistas e intelectuais — estavam sendo presas, torturadas, cassadas, forçadas ao exílio e à clandestinidade. Sendo assim, apesar da inesperada extravagância de sua acompanhante, o rapaz concluiu que era melhor que estivessem viajando juntos. Poderiam passar, perfeitamente, por um casal de namorados. Mas para Raquel, aquela viagem tinha um significado muito especial. Iria, finalmente, conhecer o Rio de Janeiro, e também o mar, que nunca tinha visto. E mais ainda, na companhia dele. Uma amiga carioca iria recebê-la.

Essa amiga estudava em Belo Horizonte, mas, cerca de um mês antes, trancara a matrícula na faculdade e voltara para o Rio. Era uma moça extrovertida e assumia posições de liderança em seu grupo. Havia ocupado vários cargos de direção em entidades estudantis. Filha única, cinco anos mais velha, tratava Raquel como se fosse uma irmã caçula, e sentia-se feliz em apresentar-lhe a cidade que tanto a fascinava.

A viagem até o Rio não foi exatamente como Raquel imaginara. Estava certa de que, durante o trajeto, com as luzes apagadas, poderia surgir um clima aconchegante entre ela e seu acompanhante. Quem sabe ele criasse coragem para segurar-lhe a mão, arriscasse o beijo que ela há tanto esperava. E esse era realmente um risco, pois, nos ônibus, os beijos dos namorados eram tão proibidos quanto fumar cachimbo, charuto ou cigarro de palha. Era expulsão na certa. Ele, no entanto, após meia hora da partida, já estava dormindo. Mal conseguiu acordar para tomar café em uma das paradas. Havia passado os últimos dias em sucessivas reuniões e estava exausto. Ela, ao contrário, prestes a realizar um dos maiores sonhos de sua vida, viajava contando os segundos.

Para a amiga carioca, foi uma verdadeira surpresa vê-la chegar em tal companhia. Afinal, ele pertencia a um outro grupo, entre os vários que se dedicavam a combater a ditadura e que, naquela época, proliferavam no interior do movimento estudantil. E, como planejara para aquele fim de semana, não seria prudente que ficassem juntos. Mas, logo após os cumprimentos, o jovem se despediu. Tinha compromissos na cidade que iriam mantê-lo ocupado durante aqueles dois dias. Combinaram um encontro no domingo, no fim da tarde, antes da volta para Belo Horizonte.

— Tenha juízo — disse ele, enquanto virava as costas e, como num passe de mágica, desaparecia no meio da multidão, deixando Raquel com um brilho malicioso no olhar.

Quando deixaram a rodoviária e entraram no táxi, Raquel se livrou daquela rouparia toda: capa, turbante, botas e meias. Era por volta das 9h, fazia um calor de mais de 30 graus.

O motorista do táxi era um típico e legendário militante do Partido Comunista, da velha e gloriosa guarda. Estava radiante por ir buscar a "companheira de Minas". Vizinho de sua amiga, beirando os 60 anos, ele era um mulato troncudo. Veio de Pernambuco em 1945, já fugindo da repressão política, e trabalhou como estivador no cais do porto do Rio. Fora preso em 1964 e passou dois anos no presídio da Ilha Grande, onde, segundo ele, completou sua formação política.

A amizade entre Raquel e o velho comunista teve início ali na rodoviária, no exato momento em que foram apresentados. Quase sempre, quando se encontravam, ele levava-lhe um presente. Coisinhas simples, como um isqueiro, um anel de bijuteria, uma revista. Dizia que eram coisas esquecidas no carro pelos passageiros. Ela acreditava e aceitava. A prova máxima de sua admiração, contudo, foi quando ele resolveu recepcioná-la com um tremendo sarapatel, o que só fazia em ocasiões especiais.

Aquilo era trabalhoso, levava tempo no preparo, na apuração e combinação dos temperos. Um tempo certo para cada ingrediente, de forma que os mais tenros não se dissolvessem, enquanto os outros ainda cozinhassem. Enfim, o prato típico de sua terra. O homem só preparava nos requintes, pra ninguém botar defeito. E ele falava tanto naquilo que Raquel, em sua santa e inconfessável ignorância, imaginando camarões, lagostas, lagostins, tudo quanto é fruto do mar, certa vez pediu-lhe a máxima honraria. Somente aquele belo nome — sa-ra-pa-tel —, já lhe dava água na boca. E quando chegou o dia, de longe se sentia o cheiro.

Raquel chegou e foi direto para o quintal onde os outros convidados esperavam tomando cachaça e chupando caju para abrir o apetite. Lá pelas tantas, não antes de fazer um certo suspense, partilhado por todos os demais simpatizantes daquela iguaria, o cozinheiro depositou em sua frente um suculento e fumegante prato de miúdos de porco, com tudo aquilo que ela mais odiava em matéria de comida. E não é que ela comeu? Comeu e pediu mais. Em hipótese alguma iria fazer uma desfeita ao amigo, por quem sentia tanta afeição.

Aquele motorista de táxi nunca soube dessa verdadeira prova de amor. Tempos depois, ainda no hospital onde se recuperava de uma cirurgia no abdome, novamente foi preso: não resistiu à pressão.

Mas, de volta àquele sábado ensolarado, saindo da rodoviária, o motorista tomou a direção do Aterro, descortinando em seu trajeto as sucessivas imagens que fazem do Rio a Cidade Maravilhosa. Nas proximidades do porto, na Praça XV, a primeira visão do mar. Depois, a Glória, o Flamengo, Botafogo, o Pão de Açúcar, o morro da Urca e, acima de tudo, o Cristo Redentor. Como num sonho, o carro deslizava, lentamente, por toda a extensão da baía de Guanabara, antes de chegar ao Leme e, na sequência, Copacabana e Ipanema.

Sentada a seu lado, a amiga percebia toda a emoção que dominava Raquel ao identificar aquelas belas paisagens. Tudo lhe parecia familiar de tanto que já vira, retratado ou descrito, em fotos, filmes, músicas, livros e postais.

— Eu não acredito! Eu não acredito!

Era só isso o que ela conseguia dizer, durante todo o percurso, até um dos pontos mais badalados do Rio de Janeiro, a rua Montenegro, hoje Vinícius de Morais. Ali, no banheiro de um bar, o Garota de Ipanema, as duas trocaram de roupa, enquanto o motorista seguiu só, levando a bagagem de Raquel para um apartamento na Zona Sul, onde sua amiga, que morava em um bairro distante da Zona Norte, também ficaria hospedada.

A praia estava apinhada de gente. No píer, alguns artistas famosos se concentravam, enquanto as pessoas em volta fingiam ignorar suas presenças. Naquele verão de 1968, Ipanema vivia seus dias de glória, sob a insígnia do "é proibido proibir" e o reinado de Leila Diniz.[5]

---

[5] A atriz Leila Diniz foi símbolo da liberdade feminina nos anos 1960. Morreu em um desastre de avião no dia 14 de julho de 1972, aos 27 anos, no auge da fama, quando voltava de uma viagem à Austrália. Foi casada com o diretor de cinema moçambicano Ruy Guerra, com quem teve uma filha, Janaína.

Ao aproximarem-se da barraca em que se encontrava o casal que iria hospedá-las (o homem era jornalista), Raquel reconheceu três rapazes que há muito não via, e não conseguiu conter a surpresa. Dois deles, meio disfarçados por trás das barbas e da cor diferente dos cabelos, eram considerados barra pesadíssima pela polícia. Faziam parte de todas as listas de "Procurados" do país. Mais de uma década se passaria até que ela fosse reencontrá-los novamente, após a promulgação da Lei da Anistia.[6] O terceiro, o mais velho, era um dos que, ainda hoje, encabeçam a lista dos "Desaparecidos". Durante anos, seus inúmeros irmãos lutaram para que os militares reconhecessem sua prisão e morte para que pudessem, finalmente, proceder à partilha dos bens deixados pelo pai, um rico fazendeiro do Centro-Oeste de Minas.

Naquele dia, naquela praia, Raquel, mineira de primeira viagem, não via a hora de poder entrar no mar. Olhava fascinada a habilidade dos banhistas, de todas as idades, em driblar ou desafiar as ondas. E estava assim, distraída, quando um dos rapazes, o namorado de sua amiga, conhecido por suas brincadeiras agressivas, pegando-a por trás, arrastou-a para longe, a tempo de uma onda mais alta pegá-la de rebote. Ela quase se afogou.

Passado o susto, o companheiro mais velho, o único com mais de 40 anos, convidou-a para caminhar pela praia. Era advogado e por isso todos o chamavam

---

[6] Lei nº 6.683, de 28 de agosto de 1979, sancionada pelo presidente João Batista Figueiredo, e que estava inserida no processo de abertura política "lenta, gradual e segura" iniciado no Governo Geisel. Por esta lei, foram anistiados todos os cidadãos punidos entre 2/9/1961 e 15/8/1977.

apenas de Doutor. Na primeira oportunidade, ele propôs que ela se mudasse para o Rio de Janeiro.

— Em Belo Horizonte, você vai acabar ficando isolada ou se queimando. A luta precisa de gente nova, em outras frentes de batalha — argumentou.

Sentindo-se importante, Raquel prometeu pensar no assunto, pois tal possibilidade era tentadora.

Mal atingida a maioridade, o Rio de Janeiro era para aquela garota uma paleta de cores em que o verde, o azul e o dourado predominavam. Estava perdidamente fascinada pela cidade, pelas pessoas, pelo que imaginava ser um outro mundo.

À noite, naquele memorável fim de semana, o programa organizado pela amiga incluía um jantar no superlotado Varanda, na praça N. Sra. da Paz, também em Ipanema. Um restaurante sofisticado, frequentado por artistas, cineastas, escritores, músicos, intelectuais e socialites, e onde, obviamente, a chamada esquerda festiva carioca também tinha a sua cadeira cativa.

Eles chegaram por volta das 22h, um grupo de umas nove pessoas, entre as quais um ator famoso, amigo do jornalista que hospedava as moças. Raquel permanecia estranhamente calada, como se não quisesse perder nenhum detalhe de tudo o que estava vendo e ouvindo. Na verdade, ela tinha era medo de que alguém pedisse sua opinião sobre os assuntos, filmes e livros que estavam discutindo. O tal ator, contudo, por ironia ou convicção, interpretou seu silêncio como "uma demonstração rara de inteligência das mulheres capazes de se manterem com a boca fechada" e passou a cortejá-la.

— De onde vem essa preciosidade? — ele perguntou.

— De Minas, de Belo Horizonte — respondeu Raquel, timidamente.

As coisas estavam nesse pé quando o gringo chegou. Um empresário alemão, com cerca de 50 anos, baixo, rechonchudo, ruivo, calvo e sardento. Contudo, mesmo com essa aparência nem um pouco atraente, ele era assediado pelas mulheres, principalmente as de sua faixa etária. Ao sentar-se à mesa, não deixou de ostentar um certo refinamento ao escolher o vinho e pedir o cardápio.

O alemão era rico, muito rico. Morava em uma cobertura duplex, de frente para o mar, em plena avenida Vieira Souto, então o metro quadrado mais caro do Rio de Janeiro. Era divorciado, não tinha filhos e, sabe-se lá por que, tinha uma certa simpatia pela causa da esquerda demonstrada por eventuais doações em dinheiro ou abrigando alguém em casa. O Doutor — o companheiro advogado — confidenciou tudo isso a Raquel assim que o viu chegar. É bem possível que ele já estivesse pensando em instalá-la na casa do gringo, se ela decidisse se mudar para o Rio.

O alemão era simpático e tinha uma conversa agradável. O sotaque, bastante carregado, tornava engraçado quase tudo o que falava, e Raquel acabou sentindo-se mais à vontade. E como ela queria ir novamente à praia no domingo, e nem sua amiga nem o casal anfitrião poderiam acompanhá-la, ele se ofereceu.

No dia seguinte, às 10h, o jornalista levou-a de carro até a porta do edifício onde o gringo morava. Ele lá estava, em trajes de banho, muito branco, besuntado com uma pomada branca para protegê-lo, realmente, sem nenhum charme. Trazia consigo cadeiras, toalhas e uma enorme barraca. Vários de seus amigos passaram pelo local onde se instalaram na praia, pararam um pouco para conversar e, em certas ocasiões, Raquel teve a impressão de que o empresário a estava exibindo. Pouco antes do meio-dia, os termômetros na marca dos 34 graus, ele convidou-a para subir até o seu apartamento.

— Você poderá continuar se bronzeando no terraço, na beira da piscina, pois o almoço só será servido às 13h — ele ponderou.

Na verdade, o que Raquel queria mesmo era continuar na praia. Mas, para não ser indelicada, aceitou o convite. Afinal, tratava-se de um amigo de seus amigos e fora gentil ao se dispor a fazer-lhe companhia.

O alemão se dava ao luxo de manter uma governanta que, praticamente, só se comunicava em inglês. Importou-a da Inglaterra. A velha tinha uma habilidade fantástica de ir e vir sem ser notada. Movia-se como uma sombra e, quando menos se esperava, um copo de suco já fora servido, o cinzeiro havia sido trocado, o balde de gelo, reabastecido. Parecia uma figura saída de livro, com aquele uniforme preto e o avental branco de organdi bordado, os cabelos grisalhos presos na nuca.

Quando a porta do elevador se abriu, Raquel e o gringo saíram direto no *living* e a governanta já estava lá, perfilada, esperando-os. Por alguma artimanha, pressentira que o patrão estava chegando. Ao serem apresentadas, a velha nem tentou dissimular seu desprezo, possivelmente considerando-a mais uma aventura do empresário.

Àquela altura, Raquel já estava arrependida por ter aceitado o convite. Sentia-se deslocada, não tinha mais nada para conversar com aquele estranho. O homem, então, sugeriu que ela tomasse um banho, antes do almoço, e orientou a governanta a levá-la para um verdadeiro cenário hollywoodiano, todo de mármore rosa, com uma banheira que mais parecia uma piscina. Do teto, dezenas de exuberantes samambaias desciam até o chão, compondo uma alegoria de fazer inveja a qualquer carnavalesco da Mangueira.

Raquel concordou em tomar uma ducha, mas quando abriu a torneira, se assustou com a força dos jatos de água, que vinham também das laterais do boxe, massageando-lhe o corpo por inteiro. Enxugou-se com uma toalha enorme e felpuda (também rosa). E como o biquíni estava molhado, vestiu apenas o short e a camisa, amarrando-a na cintura. Apesar de não ser transparente, dava para perceber que estava sem sutiã.

Ao sair do banheiro, Raquel encontrou seu anfitrião muito à vontade, usando um roupão de seda e com um copo de uísque na mão. Com o pretexto de mostrar-lhe algo, ele conduziu-a para um dos cômodos no interior da casa. Parecia um quarto de motel de luxo, todo acarpetado, com grandes almofadas, de cores variadas, espalhadas por todos os cantos. Sobre uma cama de casal — cercada de espelhos, inclusive no teto — uma câmara fotográfica sofisticada e, ao lado, um tripé. O anfitrião explicou-lhe que acabara de comprar o equipamento e queria estreá-lo. Ela relutou um pouco, pois, desde pequena, odiava tirar fotos, mas ele insistiu.

— Apenas uma — ela finalmente aceitou.

O alemão instalou rapidamente a máquina no tripé e pediu-lhe que sentasse na beirada da cama. Aí começou aquela lenga-lenga de "encosta mais um pouquinho; vira a cabeça para lá; levanta um pouco o queixo; não, levantou muito", enquanto aproximava-se para ajeitá-la na pose desejada, aproveitando a oportunidade para abrir-lhe um dos botões da camisa.

— Fique *trrrranquila*. É só para ficar mais *descontrrrraída* — ele explicou, ao perceber que Raquel havia se retesado toda. — Assim, vou ser *obrrrrigado* a abrir outro botãozinho...

O homem estava curvado atrás do tripé, ajustando o foco da câmera e, nessa mesma posição, com o braço esquerdo estendido, tentou desabotoar-lhe novamente a camisa, quem sabe tocar-lhe o seio. Com um movimento rápido e intempestivo, Raquel empurrou-o com os dois pés e levantou-se da cama de um salto, gritando:

— Você está pensando que eu sou o quê, branquelo filho da puta?

Correndo, Raquel passou a mão na bolsa que estava na sala e saiu, chorando de ódio. Quase atropelou a governanta, que vinha para saber o que estava acontecendo, e acabou levando.

— Vá você também pra puta que a pariu! — esbravejou, antes de entrar no elevador.

Raquel chegou à portaria do edifício da Vieira Souto ainda um pouco atordoada. Caminhou até a esquina e fez sinal para um táxi que passava. Somente quando já estava dentro do carro é que se deu conta de que não tinha anotado o endereço ou o telefone do apartamento onde estava hospedada, pois o gringo havia combinado com o jornalista que a levaria de volta. Ela lembrou-se, então, de que sua amiga havia comentado alguma coisa sobre a vizinhança com uma estação de TV.

— Pode deixar. Eu sei onde é — garantiu o motorista, dando logo a partida.

O taxista seguiu pela orla a toda velocidade. Tentou puxar conversa, mas percebeu que a garota queria ficar quieta; e que não desgrudava o olho da janela. E ao constatar que estavam em Copacabana, ela ficou intrigada. Lembrou que, na ida para Ipanema, o jornalista fizera o trajeto pela Lagoa Rodrigo de Freitas que, lamentavelmente, naquele dia, estava coberta com uma triste e pestilenta camada de peixes mortos, reluzentes ao sol daquele verão intenso. Tentando manter-se calma, concluiu que o motorista escolhera um outro caminho. As placas de sinalização, no entanto, indicavam a direção de Botafogo, Flamengo e Centro. Logo após o Leme, o motorista atravessou um túnel, passou por algumas ruas e avenidas e estacionou em um local completamente estranho para ela.

— Pronto, aí está a TV — ele anunciou.

Raquel olhou em torno e não reconheceu absolutamente nada. Do apartamento onde estava hospedada, a visão do Cristo era próxima. E não havia mar por perto.

— Que lugar é esse?

— É a Urca — respondeu o motorista. — E, logo ali, está a TV Tupi.

Era muita confusão em pouco mais de 24 horas. Primeiro, quase se afogou no mar; depois, o assédio do alemão. Finalmente, para completar, perdida na cidade. O motorista, mais uma vez percebendo seu nervosismo, pediu que se mantivesse calma e tentasse se lembrar das coisas que existiam nas imediações do prédio onde estava hospedada. Foi, então, que ela mencionou a proximidade do Corcovado. Foi a salvação!

— Ah, deve ser a TV Globo. Fica no Jardim Botânico — concluiu o homem, dando novamente a partida.

O motorista estava certo, e Raquel, com sorte. Quando ela entrou na sala, meio transtornada, sem saber qual dos episódios recentes relatar primeiro, os amigos estavam terminando de almoçar. Ao vê-la naquele estado, pensaram logo no pior. E o pior, naquela época, quase sempre tinha a ver com a polícia.

— Sacanagem do gringo — comentou a mulher do jornalista, mãe de três filhos, e que já havia projetado seu instinto maternal também sobre a garota. — Eu sempre soube que ele era galinha, mas filho da puta, não.

— Não tem importância, deixa pra lá, já passou — garantiu Raquel, que, naquele momento, estava com a cabeça totalmente voltada para o companheiro de viagem e com quem, dali a pouco, iria se encontrar, em um bar em Botafogo. Pouco mais tarde, quando se despediu dos novos amigos, ela nem percebeu que eles apenas lhe disseram "até breve", como se tivessem a certeza de que, cedo ou tarde, ela voltaria para ficar. Ali estava o destino, mais uma vez, tentando levá-la a uma das suas fantásticas encruzilhadas. Ela nem suspeitava que a história que mudaria a sua vida para sempre estava apenas começando.

## Sem lenço e sem documento

"Tropicalismo: movimento, mito, escola ou cafajestada sob encomenda". *O título da reportagem de Arlette Neves, publicada na revista* O Cruzeiro,[7] *é a própria evidência da polêmica que se instalou em torno do movimento liderado por Caetano Veloso e Gilberto Gil, e que iria provocar mais uma revolução na música popular brasileira. Um movimento que acabou projetando seu vigor criativo, irreverente e extravagante, sobre os demais segmentos da atividade artística e cultural do país.*

*Dentro e fora do Brasil muito se escreveu sobre o assunto que gerou tantas controvérsias:*[8] *sua importância, sua origem, sua proposta. Ou quem teria forjado tal rótulo: o arquiteto Hélio Oiticica, que, no final de 1967, denominava "Tropicália" um projeto ambiental exibido no MAM do Rio de Janeiro, ou o jornalista Nelson Motta, na época considerado como o teórico do movimento? Havia, contudo, o consenso de que o Tropicalismo poderia ter as mesmas proporções da Semana de Arte Moderna de 1922, com sua proposta de modernizar a cultura brasileira. Afinal, tudo começou em 1967, a partir da montagem da peça* O rei da vela, *de Oswald de Andrade, por José Celso Martinez, e o impacto causado pelo espetáculo em Caetano.*

*Passados 30 anos, o próprio cantor explicaria o movimento como sendo "um impulso criativo surgido no seio da música popular brasileira, na segunda metade dos anos 1960, em que os protagonistas — entre eles o próprio narrador — queriam poder mover-se além da vinculação automática com as esquerdas".*

---

[7] Edição de 20 de abril de 1968.
[8] Ver MOTTA, Nelson. *Noites tropicais*. Rio de Janeiro: Objetiva, 2000; CALADO, Carlos. *Tropicália: a história de uma revolução musical*. São Paulo: Editora 34, 1997; VELOSO, Caetano. *Verdade tropical*. São Paulo: Companhia das Letras, 1997.

*A vasta produção musical brasileira daquele final da década de 1960 e início da década de 1970, ainda hoje é considerada como uma das mais ricas em todos os tempos. O Brasil vivia a era de ouro dos festivais, a MPB, o seu grande momento. A plateia estudantil dominava estes festivais, levando para dentro dos teatros, com faixas, bandeiras e cartazes, toda a sua radicalidade e divergências, politizando ao extremo tais eventos. E foram esses os palcos que os baianos escolheram para dar o seu recado. O recado que prenunciava o seu tropicalismo.*

*Foi, então, que surgiu a maior das polêmicas, colocando Chico Buarque e Caetano Veloso como polos antagônicos, obviamente estimulada pela mídia e pelas gravadoras. De um lado, o jovem estudante de arquitetura, filho de boa família (sobrinho de Aurélio Buarque de Hollanda), como descreve Nelson Motta "imagem da unanimidade nacional, de cantor das moças nas janelas, de bom-moço e poeta benquisto". E, mais do que isto, já muito familiarizado com o público universitário dos diretórios acadêmicos e diretórios centrais de estudantes das maiores universidades do país, militante assíduo e ativo do CPC da UNE (Centro Popular de Cultura da União Nacional de Estudantes). "No oposto, em rota de colisão", ainda segundo Nelson Motta, "o irmão de Bethânia, aquele franzino nordestino, de cabelos encaracolados, roupas extravagantes e coloridas, dono de um sorriso fácil e sedutor, transbordante de ousadia, profeta da alegria, alegria."*

*O ápice desse antagonismo foi quando, em outubro de 1967, naquele festival da TV Record, Caetano surpreendeu a todos com a música "Alegria, alegria". "As guitarras elétricas da banda argentina Beat Boys, que acompanhou Caetano, e a atitude roqueira dos Mutantes, que dividiram o palco com Gil (com a música 'Domingo no parque'), foram recebidas com vaias*

*pela chamada linha-dura do movimento estudantil",
descreve o jornalista e crítico musical Carlos Calado.
Essa ala dos estudantes recebeu tais atitudes como uma afronta, tachando-as de "nacionalismo tupiniquim" e "colonialista", por introduzir uma performance visual e outros elementos musicais, arranjos e acordes, característicos do rock americano: uma verdadeira parafernália. No entanto, não apenas a aprovação do júri dos festivais,[9] mas o estrondoso sucesso que se seguiria viria demonstrar que o Tropicalismo teve uma enorme aceitação, sobretudo por parte dos mais jovens.*

*Em dezembro de 1968, Gil e Caetano foram presos e, em seguida (julho de 1969), rumaram para o exílio, em Londres. Antes, em janeiro do mesmo ano, havia sido a vez de Chico Buarque deixar o país. Em 1972, contudo, com a volta dos baianos, aconteceria um memorável encontro no teatro Castro Alves, em Salvador. O espetáculo resultou no belíssimo disco* Caetano e Chico juntos e ao vivo. *Pelo menos na música, naqueles dias, a paz reinava no Brasil.*

---

[9] Em 1967, "Alegria, alegria", de Caetano Veloso, ficou em quarto lugar e "Domingo no parque", de Gilberto Gil, em segundo. "Roda-viva", de Chico Buarque, ficou em terceiro, enquanto "Ponteio", de Edu Lobo, foi a grande vencedora.

## Capítulo 4

Em Belo Horizonte, naquele final de 1968, Raquel levava uma vida bastante solitária, pulando de casa em casa, sem paradeiro certo. A repressão fechara o cerco sobre o movimento estudantil, que entrara em descenso.

Pouco antes, em outubro, a polícia invadira um sítio em Ibiúna, uma cidadezinha do interior de São Paulo, então com cerca de seis mil habitantes, onde estava sendo realizado o 30º Congresso da UNE. A quantidade de presos na operação policial é imprecisa e os números divulgados pelos jornais da época variam entre 700 e 1.240 estudantes, entre eles vários companheiros de Raquel, inclusive a amiga carioca. Outros, havia meses não apareciam nas faculdades. O mais provável é que a maioria tivesse optado pela clandestinidade. Alguns, contudo, simplesmente haviam caído fora, antes que as coisas ficassem piores.

Quando sua família mudou, um ano antes, para uma cidade do interior, logo após o casamento de sua irmã, Raquel foi viver com um casal idoso, em um bairro de classe média. Os velhos ofereciam acomodações e café da manhã para "moças de boa família". Estudava à tarde e, mesmo antes de receber o diploma de professora primária, começou a dar aulas pela manhã, em um grupo escolar, na periferia da cidade. À noite, frequentava um cursinho de pré-vestibular que funcionava na Faculdade de Filosofia da UFMG. E hoje, pensando bem, quem sabe não foi aí que tudo começou?

Os professores do cursinho eram universitários, já bastante engajados na luta política. Na verdade, tratava-se de um espaço eficaz para o arrebanhamento de novos quadros destinados ao movimento estudantil. Em meio ao currículo obrigatório, eles sempre introduziam outras matérias, mais interessantes, até. Foi, por exemplo, por meio de uma aula de Geografia que ela teve seus primeiros contatos com a Teoria do foco,[10] com a guerra de guerrilhas, com a Revolução Cubana e com os ensinamentos de Che.

Com o pretexto de ter mais tempo para estudar para o vestibular, Raquel abandonou o magistério. A mãe passou a enviar-lhe uma pequena mesada e ela pôde, então, dedicar-se à política em tempo integral. Assumia pequenas tarefas no diretório acadêmico; participava das assembleias e passeatas, e fazia suas refeições nos restaurantes universitários. Quando entrou para a faculdade, estava tão entrosada na rotina da universidade quanto qualquer veterano.

---

[10] Tática de combate da guerra de guerrilhas inspirada nas ideias de Che Guevara e de Régis Debray, adotada por alguns grupos de esquerda no Brasil e na América Latina. A Teoria do foco previa três etapas: a instalação do grupo ou "foco militar", inicialmente numa área rural de difícil acesso; a fase de desenvolvimento via treinamento do "foco"; e, por fim, a ofensiva revolucionária e a tomada do poder pelos inúmeros "focos" instalados.

Nesse universo, Raquel permanecia dividida, em conflito com os valores que seus novos amigos definiam como pequeno-burgueses. Por intermédio dos professores do cursinho, ela conheceu a amiga carioca que a convenceu a mudar-se para a "república" onde morava, com outras cinco moças, no centro da cidade. Somando-se os namorados, era possível garantir que uma parte considerável da vanguarda estudantil da época reunia-se naquele local. E para desespero e intriga de alguns vizinhos, era um contínuo entra e sai de jovens.

Paralelamente, Raquel mantinha antigas amizades, dos seus tempos de colégio. Moças de classe média com as quais frequentava os barzinhos da moda ou os bailes nos clubes reservados à elite da capital. Por influência de seu professor de Geografia, com todas aquelas aulas sobre a guerrilha, a importância de saber se deslocar e sobreviver na selva, o reconhecimento dos terrenos, a leitura e o desenho de mapas, ela optou por essa especialidade.

Esse professor, mesmo baixo e um pouco franzino, tinha um charme quase que irresistível, sustentado no largo sorriso que, a ela, lembrava o de Caetano Veloso. E também nos olhos, de uma cor meio indefinida, entre o verde e o azul, realçados pela pele morena e os cabelos escuros e cacheados. Suas aulas eram concorridas e ele fazia sucesso entre as alunas, principalmente quando aparecia com um certo suéter de cashmere vermelho.

Mas era a Raquel que esse professor dedicava atenção especial. Chamava-a de "Lolita" e ela, então, nem imaginava a razão do apelido. A palavra "ninfeta" ainda não constava de seu vocabulário, mesmo porque Vladimir Nabokov era um autor proibido para mocinhas de boa família. A garota desconhecia o romance que tratava da paixão de um homem mais velho por uma adolescente. Mas tinha perfeita consciência do ato provocador quando, de minissaia, usando meias pretas, sentava-se na primeira fila e cruzava as pernas.

Realmente, parece que o rapaz tinha uma verdadeira obsessão em seduzi-la. Certo dia, após a aula, ele convidou-a para um bar. Assim que chegaram, o garçom acendeu um pequeno abajur sobre a mesa, anotou o pedido e, ao sair, puxou uma cortina, tornando o lugar "reservado". Após servi-los, o garçom novamente fechou a cortina e o professor tentou possuí-la, ali mesmo, no banco estofado onde estavam sentados. Afinal, parece que era isso o que se fazia em locais daquele tipo.

Antes, infringindo suas próprias normas de segurança, forneceu-lhe seu endereço para que, um sábado à tarde, ela fosse buscar um livro emprestado. Atendeu à porta vestido apenas com uma minúscula sunga, insuficiente para encobrir o grau de ansiedade que devia estar sentindo com a expectativa de sua visita. Mais visível, no entanto, foi sua irritação ao ver que ela estava acompanhada.

Educada em colégios de freiras até os 14 anos, Raquel era conservadora e sofria com isso. Por não conseguir administrar a própria liberdade ou não fazer-se compreender. Com um comportamento quase sempre irreverente e audacioso, ninguém, muito menos aquele professor, jamais poderia imaginar o constrangimento causado por estes dois episódios, principalmente após saber que ele era casado.

Aos 17 anos, ela era a caçula de seu grupo de amigos. Atraía os homens com seu jeito de menina e era constantemente assediada por eles. Fumar — um vício que manteve por mais de 30 anos — passou a fazer parte de seu processo de afirmação. Havia lido a autobiografia de Simone de Beauvoir e estava completamente obcecada pela intelectual francesa.

Com a descoberta da pílula, o movimento feminista havia recebido um novo fôlego. Estava em pleno curso a chamada "Revolução Sexual". Muitas mulheres, contudo, ficaram divididas, pois o uso do anticoncepcional fora proibido pelo papa Paulo VI. Então, ainda que com a virgindade sob controle, o último bastião de sua castidade, Raquel passou a ser uma ardorosa defensora do sexo livre. E, em seu ingênuo aprendizado, esqueceu-se de aprender a dizer "não" aos homens. Até que aprendesse, foram muitas desilusões e culpas.

Com a "queda" do Congresso da UNE, em Ibiúna, assim como a amiga carioca, vários frequentadores da "república" onde as moças moravam foram presos. O local estava visado pela polícia. Outra das inquilinas, estudante de Direito, era extremamente autoritária. Como o imóvel havia sido alugado em seu nome, ela assumia atitudes de dona da casa, tentando impor normas e regulamentos, agindo, muitas vezes, de forma arbitrária. Para Raquel, era impossível permanecer naquela casa.

Assim que a amiga carioca saiu da prisão, após mais de um mês na detenção feminina, elas se mudaram. E foi a sorte de ambas. Uma semana depois a polícia invadiu o antigo apartamento, vasculhando e quebrando tudo. Eles procuravam uma das moças que estava bem à frente das demais, na militância política. Apesar de morena, esta, sim, era uma "das louras da metralhadora" e estava sendo acusada por assalto a bancos. Dividia um dos quartos com uma cabeleireira que possuía uma coleção invejável de perucas de todas as cores. A polícia nunca conseguiu encontrá-las. Mas, aproveitando-se dessa circunstância, o condomínio do prédio exigiu que as "subversivas" remanescentes deixassem o local.

Recém-saída da prisão, a amiga carioca decidiu voltar para o Rio e tentou convencer Raquel a acompanhá-la, antes que as coisas se complicassem mais. Mas esta não aceitou. Ia levando o curso de Geografia sem muito interesse, arrependida pela opção feita no vestibular. Então, sozinha na casa, um barracão nas imediações da faculdade onde estudava, começou a dar guarida para outros companheiros que estavam sendo perseguidos. Em dois tempos o barracão havia se transformado em um "aparelho". Mais outros dois tempos, o "aparelho" caiu. Avisada antes, ela mal teve tempo de juntar suas roupas, alguns objetos pessoais e sair.

## "Militares decidem o caminho da crise"

*Esta era a manchete do* Jornal da Tarde *do dia 13 de dezembro de 1968, anunciando a promulgação do Ato Institucional número 5 (AI-5), tragicamente coroando um processo tenso e de muita expectativa, que perdurava nos últimos meses. Os setores militares mais direitistas foram beneficiados, expondo por completo a face ditatorial do regime. Inúmeras medidas autoritárias foram adotadas, permitindo-se inclusive a cassação de mandatos eletivos, a legislação por meio de decretos, o julgamento de crimes políticos em tribunais militares, a suspensão de direitos políticos dos cidadãos, assim como a extinção do habeas corpus em crimes contra a segurança nacional. O Congresso e as assembleias legislativas foram colocados em recesso, por tempo indeterminado.*

*A gota d'água foi o pronunciamento do deputado Márcio Moreira Alves (MDB) na Câmara, nos dias 2 e 3 de setembro, quando ele fez um apelo para que o povo não participasse dos desfiles militares do Dia da Independência e para que as moças se recusassem a sair com os oficiais. Na verdade, outros episódios vinham tensionando a tênue linha em que ainda se sustentava o Estado de Direito no país, entre eles a prisão de três padres franceses e um diácono, em Belo Horizonte, causando intensa repercussão nacional e internacional.*

*A tensão naquele fatídico dezembro de 1968, nos dias que antecederam a votação do pedido de licença para a cassação do deputado Márcio Moreira Alves, seguia crescendo, como um caldeirão prestes a explodir. Um clima de alívio se instalou no dia 5, quando o presidente Costa e Silva garantiu que a nação poderia continuar tranquila porque o Governo não pensava em adotar medidas de exceção. Todos os problemas seriam resolvidos dentro da lei e da Constituição. A oposição (o que equivale dizer, o MDB) louvou o respeito dos militares pela Câmara, mas a alegria durou pouco.*

*Dois dias depois veio a reação do Exército, por meio de nota assinada pelo ministro Lyra Tavares: "O Exército espera que a lei não acoberte impunidade alguma." No dia 10, a Comissão de Justiça autorizou a Câmara a processar o parlamentar oposicionista: 19 votos a favor e 12 contra. Mas, no dia 12, a Câmara votou e negou esta licença, por uma diferença de 75 votos (216 contra 141). No dia 13, o Governo baixou o AI-5 e colocou o Congresso em recesso por tempo indeterminado, pegando de surpresa os próprios deputados que não acreditavam em qualquer medida excepcional, muito menos de tamanha envergadura. O Exército entrou em prontidão. Uma longa noite se iniciou no país. Havia entre o céu e a terra algo mais do que simples aviões de carreira ou a Apolo 8 que naqueles dias entrava em órbita lunar.*

*Além das prisões e cassações — entre estas últimas a do próprio deputado Márcio Moreira Alves —, efetuadas imediatamente após a publicação do AI-5, a imprensa foi um dos primeiros setores a sentir na pele os efeitos das medidas de exceção. Os censores de prontidão se apressaram a chegar às redações. Jornais como* O País, *do Rio de Janeiro, e o* Jornal da Tarde, *de São Paulo, tiveram suas edições apreendidas. O JB, no dia 14, circulou completamente fora de seus padrões editoriais. Os classificados, antes confinados em um caderno específico, estavam distribuídos por todas as páginas, inclusive a primeira. E esta exibia, inusitadamente, uma foto do jogador Garrincha sendo expulso de campo, quando o Brasil vencia o Chile na Copa de 1962, sob o título "Hora Dramática".*

*O caso dos padres presos em Belo Horizonte saiu do noticiário, cedendo lugar para as manchetes relacionadas a assuntos internacionais. As chamadas matérias de geladeira tentavam requentar as edições, repletas de notas oficiais. Em meio a tanta mesmice, a poesia de Carlos Drummond de Andrade, em versos ou em crônicas, no* Correio da Manhã. *Pérolas. Um descanso para os olhos incansáveis dos leitores que buscavam, nas entrelinhas, as notícias que realmente interessavam. Chama atenção, pela contundência, o texto intitulado "Bombas na madrugada", verdadeiro retrato de uma época sombria, a propósito de uma bomba colocada na sede do* Correio da Manhã. *Já há algum tempo o país assistia à escalada impune dos grupos terroristas de direita, sobretudo do CCC (Comando de Caça aos Comunistas). Vários atentados foram cometidos naquele segundo semestre de 1968.*

# Capítulo 5

A ideia de acompanhar a amiga carioca e mudar-se para o Rio de Janeiro era bastante tentadora. Mas Raquel deveria ter um bom motivo para convencer sua mãe, de quem dependia financeiramente. Principalmente, se a mudança fosse interferir, de alguma forma, em seus estudos. É que, de acordo com dona Bené, como ela tinha dado o pontapé na sorte, ao romper com um antigo namorado, estudante de Odontologia, para o qual todos previam futuro brilhante pela frente, o que tinha a fazer, então, era seguir o exemplo da irmã: conseguir logo o diploma e tirar da cabeça a mania de querer mudar o mundo.

— Desde pequena que essa menina é assim, diferente — explicava. — A gente arrumava-a toda bonitinha, vestido novo, laço de fita na cabeça, daí a pouco ela voltava suja, descabelada, descalça. O que gostava, mesmo, era de usar umas calças compridas velhas e brincar com os moleques da rua.

Os moleques aos quais se referia eram as crianças pobres da vizinhança, em uma cidadezinha perdida no interior de Goiás, para onde o marido fora transferido quando Raquel, a filha mais nova, era ainda muito pequena, e onde ela iria passar a infância, mergulhada em um mundo de fantasias.

Ali, onde sua história realmente começou, ela encontrava a paz no alto de um cajueiro, no quintal da casa. Caminhava sobre os muros como se estivesse andando nas nuvens. Trocava suas dezenas de bonecas por aquelas que ela mesma confeccionava com os matos que arrancava do jardim. Substituía os brinquedos que ganhava — panelas, fogõezinhos, mobílias — por pedaços de tijolos, pedras e caquinhos coloridos. Tratava as galinhas e um cachorro sarnento chamado Black como seus verdadeiros companheiros. Formavam seu exército particular. Sua curiosidade pelos insetos era ilimitada. Passava horas observando o vai e vem das formigas.

— Cale a boca! — ordenava a mãe.

— Cale a senhora primeiro — respondia a filha malcriada.

Esse diálogo fazia parte da relação das duas praticamente desde que Raquel começou a se entender por gente. E nessa sua rebeldia, ela era respaldada pelo pai, que a tratava como o filho que não tivera, pois menosprezava o caçula que era "doente".

Quando não tinha outra companhia, ele levava-a para pescar nos rios Veríssimo ou Corumbá. Iam em um pequeno caminhão que ele conseguia no quartel, ou de trem. Às vezes dormiam acampados. Mas, em geral, pernoitavam em bibocas na beira da estrada, onde ela era sempre muito bem tratada pelas lindas moças que os hospedavam. Intuitivamente, havia percebido que tais detalhes não deveriam ser reportados à mãe. Isso poderia significar o fim daqueles fantásticos passeios na companhia do pai, que só iria descobrir que amava muitos anos mais tarde. Dele herdou o gosto pela música e pela boemia.

Já submersa em seu mundo de sonhos ao ser alfabetizada pela mãe aos 6 anos, Raquel pôde, finalmente, soltar ainda mais a imaginação. Dedicava o tempo em que era obrigada a ficar dentro de casa inteiramente aos livros. Lia um atrás do outro. Vivia buscando-os na biblioteca do colégio ou na casa de uma amiga de sua irmã que possuía todas as coleções para crianças. Foi assim que descobriu Monteiro Lobato e o Sítio do pica-pau amarelo onde, em sua fantasia, viveu longos anos.

As duas irmãs eram bastante estudiosas e aplicadas, o orgulho dos pais e das freiras, pois tinham sempre as maiores notas do colégio. Mas era nas ruas, jogando bola com os meninos, empinando papagaio, banhando-se nos córregos, andando de bicicleta ou patins que ela, muitas vezes escondida da mãe, corria atrás da liberdade, deixando impressas nos joelhos as marcas dos voos mais ousados.

Foi ali, naquela pequena cidade goiana, que Raquel, aos 12 anos, ouviria falar pela primeira vez em "justiça social". Aprenderia a ler nas entrelinhas do Evangelho. Tomaria consciência de que era líder e, como passo seguinte, ingressaria na JEC (Juventude Estudantil Católica). Sua irmã, que já tinha ido para Belo Horizonte para completar os estudos, fazia parte da JUC (Juventude Universitária Católica).

Ambas chegaram à Ação Católica graças à influência de uma freira, professora de francês, belíssima.

Ninguém entendia por que a moça havia se enclausurado, não sendo descartada a hipótese, na imaginação fértil de suas alunas, de um grande amor proibido. Vinda do Rio de Janeiro, antes havia sido secretária de Dom Hélder Câmara, e trazia anotados em seu caderno os poemas ainda inéditos do bispo revolucionário (*Água minha irmã, filha de Deus*...). A freira era a própria encarnação da Igreja Progressista.

Em 1966, aos 16 anos, já com os pais separados, e antes mesmo de concluir o curso Normal, Raquel começou a lecionar em um bairro muito pobre da periferia de Belo Horizonte. Era professora-substituta. Sua classe era chamada especial, pois reunia meninos que não conseguiam passar do primeiro ano. Talvez porque fossem muito endiabrados e as professoras anteriores os tivessem isolado do restante da turma. Mas eles adoravam aquela professora, tão novinha, que ia dar aulas de minissaia ou calça calhambeque, a quem apelidaram de dona Wanderléa, a musa da Jovem Guarda.[11]

Nessa época, após longos meses com os salários atrasados, as professoras primárias iniciaram um forte movimento grevista que logo se alastrou por todo o estado. Em oposição à tradicional Associação das Professoras Primárias de Minas Gerais, foi criado o Movimento Popular das Professoras, que comandava as grandes manifestações da categoria na capital. Suas lideranças eram de esquerda, e mais jovens, e,

---

[11] Programa musical da TV Record, exibido nas tardes de domingo, comandado por Wanderléa, Roberto e Erasmo Carlos. Como suporte de marketing, foram lançados no mercado três linhas de roupas, brinquedos e adereços: Calhambeque, de Roberto; Tremendão, de Erasmo; e Ternurinha, de Wanderléa. Ver: MOTTA, Nelson. *Noites tropicais*. Rio de Janeiro: Objetiva, 2000.

com o intuito de desqualificá-las, alguns veículos de comunicação se referiam a elas como "as professorinhas da ala jovem, de terninho e minissaia". Raquel e uma tia — irmã mais nova de sua mãe — faziam parte desse grupo. Ela muitas vezes participava das reuniões do Comando de Greve com o uniforme, arriscando-se, por isso, a ser expulsa do colégio onde ainda estudava.

As professoras faziam comícios no centro da cidade, organizavam passeatas e vigílias. E foi assim, então, na companhia das lideranças do magistério e de outros movimentos que prestavam solidariedade, além dos jornalistas que cobriam o setor — não o de Educação, mas o de Polícia —, que Raquel começou a frequentar a noite da capital. Principalmente os bares do famigerado Edifício Archângelo Malleta, um antro, dizia-se, de prostitutas, pederastas, bêbados, intelectuais e subversivos. A política já havia se infiltrado em sua vida.

## A Esquerda Cristã

*No início de dezembro de 1968, poucos dias antes de o governo militar baixar o AI-5, a prisão dos padres Michel Le Vin, Xavier Berthou, Hervé Croguennec e do diácono José Geraldo da Cruz, em Belo Horizonte, causou grande repercussão — nacional e internacional — ocupando várias páginas dos jornais. Não apenas este caso específico, mas tudo aquilo que se relacionava à Igreja Progressista era manchete, disputando espaço com o episódio Márcio Moreira Alves.*

*Em Minas, a reação à prisão dos religiosos foi imediata: o fato foi denunciado nas igrejas da capital e do interior durante as missas de domingo. Os reli-*

*giosos permaneceram dias incomunicáveis. O Governo ameaçava expulsá-los do Brasil e atos de protesto e solidariedade foram promovidos em várias partes do país. O coronel Newton Motta, que havia presidido a abertura do IPM (Inquérito Policial Militar), ao exibir o "farto material subversivo" encontrado em poder dos padres, chegou a levantar a suspeita de que o sítio Pequeno Príncipe — pertencente ao então bispo auxiliar, Dom Serafim Fernandes de Araújo — estaria sendo utilizado, segundo ele, para treinamento de guerrilha. Por trás disso tudo, no entanto, os militares queriam atingir a Ação Católica, base de sustentação da chamada Igreja Libertadora.*

*A ala de esquerda da Igreja Católica estava na mira dos militares e casos de perseguição a religiosos, incluindo a expulsão de estrangeiros, prisões e tortura não eram raros. O Governo se apoiava, inclusive, na própria divisão existente no clero, cuja ala conservadora seguia cegamente as orientações do Vaticano e as advertências do papa Paulo VI com relação aos perigos da "Igreja sem religião" ou das "tendências subversivas".*

*A Ação Católica nasceu nos anos 1930, na Bélgica. No Brasil, a partir dos anos 1950, foi introduzida na organização dos leigos uma nova divisão, a partir de áreas de atuação: Juventude Agrária Católica (JAC), Juventude Estudantil Católica (JEC), Juventude Independente Católica (JIC) — nesse caso aglutinando, em geral, profissionais liberais —, Juventude Operária Católica (JOC) e Juventude Universitária Católica (JUC).*

*Articulada nacionalmente, e tendo Dom Hélder Câmara entre seus idealizadores no Brasil, a AC gerou inúmeros outros movimentos, como as Comunidades Eclesiais de Base, as Pastorais, Comissões de Justiça e Paz. Em 1960, militantes da JUC, influenciados pela Revolução Cubana, declararam sua opção pelo socialismo. Em 1962, em um congresso realizado em Belo*

*Horizonte, foi criada a Ação Popular (AP),[12] que, a partir de 1964, tornou-se um braço político forte de oposição à ditadura militar. Seus militantes eram adeptos da Teologia da Libertação, originada na América Latina sobretudo a partir da II Conferência Geral do Episcopado Latino-Americano, realizada em 1968, em Medellín, na Colômbia, à luz do Concílio Ecumênico da igreja católica* — "Vaticano II" —, realizado em quatro sessões, de 1962 a 1965.[13]

*Em 1967, a AP abriu um processo de debate teórico, estando a organização dividida em duas correntes. A corrente 1, majoritária, manifestava sua opção pelo marxismo de inspiração maoista (terceira fase do marxismo), enquanto a corrente 2, inspirada na guerrilha cubana, defendia que a revolução brasileira deveria ter um caráter imediatamente socialista. Em setembro de 1968, durante sua I Reunião Ampliada da Direção Nacional (IRADN), prevaleceran as posições da "corrente 1" e os membros da "corrente 2" foram expulsos da AP.[14] Esse pequeno grupo de militantes, que se opunha à "maoização", em 1969 fundou o Partido Revolucionário dos Trabalhadores (PRT), que se manteve organizado até 1971, quando seus últimos integrantes foram presos. Neste mesmo ano, por ocasião da III Reunião Ampliada da Direção Nacional, a AP passou a denominar-se Ação Popular Marxista-Leninista.*

---

[12] A Ação Popular (AP) foi um movimento político nascido em junho de 1962, a partir de um congresso em Belo Horizonte, resultado da atuação dos militantes estudantis da Juventude Universitária Católica (JUC) e de outras agremiações da Ação Católica. A partir de seu segundo congresso, realizado em Salvador, em 1963, a AP decidiu-se pelo "socialismo humanista", buscando inspiração ideológica em Emmanuel Mounier, Teilhard de Chardin, Jacques Maritain e padre Lebret.

[13] DIAS, Reginaldo Benedito. "Como a Ação Popular escreveu e reescreveu o sentido de sua história" in *Revista Espaço Acadêmico*, ano VII, nº 84, 2008.

[14] KUPERMAN, Esther. "Da Cruz à Estrela: A trajetória da Ação Popular Marxista-Leninista", in *Revista Espaço Acadêmico*, ano III, nº 25, 2003.

## Capítulo 6

Todas essas histórias conduziriam Raquel, àquela tarde de domingo, em dezembro de 1968, quando sua amiga carioca a deixou em um bar em Botafogo para encontrar-se com o rapaz com quem viajara pela primeira vez ao Rio de Janeiro. Ela chegou radiante, completamente diferente daquela moça — que dois dias antes ele encontrara em BH — de aparência sofisticada, de capa, botas e turbante.

Ela mesma se achou bonita quando se viu no espelho, antes de sair. Estava bronzeada e não usava maquiagem, apenas um batom vermelho. Vestia minissaia jeans e uma camiseta de malha branca que lhe realçava a cor. Usava sandálias baixas, de couro cru. Os cabelos cacheados estavam soltos. Ele sorriu quando a viu chegar assim tão descontraída.

Raquel estava alegre e conversadeira, com muitos casos para contar. Omitindo os nomes, falou sobre os três companheiros encontrados na praia, das pessoas que havia conhecido, da onda que quase a afogou, do assédio do gringo e do susto ao constatar que estava perdida na cidade. Ele, ao contrário, olhando-a com ternura, confessou ser aquele o primeiro momento descontraído de sua estadia no Rio. Elogiando sua aparência, comentou o quanto ela estava bonita.

— Você está no ponto que eu gosto — ele disse.

— Como assim?

— Tostadinha e salgada — ele brincou, fazendo-a corar, pois era o primeiro comentário mais ousado de sua parte desde que se conheceram, alguns meses antes.

— Então prove-me — ela retrucou maliciosa.

— Quando chegarmos. Não tem pressa — ele respondeu e, em seguida, curvando-se um pouco, beijou-a pela primeira vez.

A viagem de volta foi exatamente como Raquel imaginara na ida. Eles passaram quase que o tempo todo aconchegados um ao outro. Agora, sim, como um casal de namorados. Ela sentia frio, pois deixara a capa na mala, que estava no bagageiro, e ele abraçava-a, tentando aquecê-la. Somente em Belo Horizonte se deram conta de que ainda iria demorar muito para que a promessa de "prová-la" pudesse ser cumprida: ele vivia com outras pessoas em um aparelho e ela em um pensionato para moças. Ao vê-lo descer do ônibus, logo na entrada da cidade, teve a certeza de que estava irremediavelmente apaixonada.

Raquel mudou-se para um pensionato logo após o pequeno barracão alugado por ela e a amiga carioca ter sido denunciado à polícia. Ocupava um quarto com outras quatro moças, todas do interior. Os horários eram rígidos. Mesmo aos sábados, as pensionistas só podiam entrar até meia-noite. Não era permitida a permanência dos namorados sequer na varanda. O telefone era mantido trancado.

Tudo isso aumentava ainda mais a sua frustração. Fazia um curso que não lhe agradava e a repressão tinha dispersado seu antigo grupo de amigos. Ela havia acompanhado com avidez o movimento dos estudantes na França, em maio daquele ano. Da mesma forma, acompanhava o movimento dos hippies nos Estados Unidos, com sua bandeira de paz e amor. Encantou-se com um artigo de Che, no qual ele falava da necessidade de construção do "homem novo". Ingenuamente, misturou tudo aquilo na cabeça, criando uma norma de conduta própria, intimamente debatendo-se com seus antigos valores.

Nas ruas, ajudara a engrossar o coro dos que gritavam "Abaixo a Ditadura", "Abaixo o Imperialismo", "Abaixo o Tigre de Papel", "Abaixo o acordo MEC-Usaid", "Um, dois, três Vietnãs" e "Viva a Revolução". No âmbito de suas relações pessoais, cobrava uma postura mais coerente, sobretudo dos amigos do sexo masculino, não percebendo, em muitos deles, nenhum esforço para se tornarem menos machistas, moralistas ou conservadores. Assim como seu antigo namorado, o estudante de Odontologia, também estes preferiam as moças que se guardavam para o tal "salto qualitativo do amor". Em outras palavras, para o casamento.

Instintivamente, Raquel foi se fechando. Cumpria as tarefas que lhe eram delegadas, mas não se envolvia com ninguém. Mesmo porque sobraram apenas alguns dos antigos amigos. As coisas estavam exatamente nesse pé quando ela conheceu o homem que viria, novamente, tocar-lhe o coração e com quem faria aquela primeira viagem ao Rio de Janeiro.

O rapaz, estudante de Economia, viera do interior havia pouco mais de um ano, mas já era uma liderança importante. Eles já haviam se encontrado, muitas vezes, nas atividades do movimento estudantil, mas como faziam parte de grupos distintos não tinham tido a oportunidade de se aproximarem. Isso até o dia em que foram convocados para a mesma reunião.

Raquel entrou na sala e encontrou-o sozinho, lendo os jornais. Ela se apresentou e, enquanto esperavam pelos demais, começaram a conversar. Rapidamente, no curto espaço de tempo em que permaneceram a sós, descobriram inúmeras afinidades. Daí em diante, sempre davam um jeito de ficar juntos. Certa vez, durante uma passeata, ele, arriscando a própria segurança, postou-se a seu lado, protegendo-a do tumulto desencadeado com a chegada da polícia.

De ambos os lados, os amigos já estavam reparando naquela amizade. O sectarismo dos grupos de esquerda, naqueles tempos, não era menor que hoje. Havia discordância sobre o caráter da revolução brasileira, suas táticas e estratégias, e também sobre o tipo de organização política a ser construída após a tomada do poder. Tudo isso funcionava como motivo de cisões e, para Raquel, era difícil perceber a origem de tantas divergências. Estava ligada a um grupo mais por afinidade pessoal do que por identidade política.

Mas o que ninguém sabia era que raramente tais assuntos faziam parte das conversas daqueles dois jovens. Era como se houvesse um acordo tácito entre eles de não abordar temas divergentes. Ele jamais fez qualquer tentativa no sentido de levá-la para seu campo político. Além do mais, vinham descobrindo uma infinidade de coisas a serem partilhadas, sobre as quais não tinham com quem conversar. Foi então que, certo dia, ele apareceu com as duas passagens para o Rio de Janeiro, pois já sabia de todos os sonhos de sua nova amiga e, dessa forma, antecipou seu presente de Natal.

Quando regressaram da viagem ao Rio de Janeiro, a impossibilidade de um local para encontrarem-se a sós tornou-se insuportável. Ele viajava muito e suas aparições na faculdade eram cada vez mais escassas. Não tinham amigos comuns que lhes pudessem emprestar a casa, mesmo que por alguns instantes.

Desesperada para sair daquele pensionato, Raquel encontrou uma das moças, que também não aguentava mais aquela vida de colégio de freiras, e lhe propôs compartilhar uma moradia. Em uma semana, elas se mudaram para uma casinha minúscula em uma vila na região leste da cidade.

Era fevereiro de 1969 e a colega, que estava de férias, logo viajou. Só retornaria em março, quando as aulas reiniciassem. Para Raquel, não poderia ser melhor. Teria mais privacidade. Iria comprar novamente um fogão e uma geladeira nos brechós da velha rua Itapecerica. Comprou também um colchão de casal, que estendeu sobre uma esteira de palha. E, com toda a simplicidade, usando caixotes, tábuas e tijolos, improvisou seus móveis, dando uma aparência simpática ao novo lar, constituído por uma cozinha, ladeada por dois quartos, e um banheiro.

Quando o namorado apareceu na casa pela primeira vez, ela estava bastante ansiosa. Não conseguia ficar à vontade, como se estivesse travada. Enquanto tomavam uma cerveja, na sala-cozinha, mantinha-se distante, evitando que ele a tocasse. Mas, ao perceber seu constrangimento, ele teve toda a paciência do mundo. Riu de seu nervosismo e sugeriu que ficassem na penumbra. Então, aproximou-se e, bem devagar, foi conduzindo-a para o quarto. Antes mesmo de chegarem à cama, "provou" cada pedacinho de seu corpo, até aqueles mais escondidos, como havia prometido. Amou-a sem pressa, cuidando para não precipitar o próprio desejo, há tanto tempo guardado.

Durante um curto período, os dois jovens puderam desfrutar com mais intensidade da companhia um do outro. Sempre que podia, o rapaz dava um jeito de aparecer, em geral à noite, até que um dia, logo após ter se despedido, ele retornou bastante abatido. O aparelho onde morava caíra. Todos os que lá estavam foram levados. Por sorte, o companheiro com quem marcara um encontro nas proximidades, ao ver os veículos da polícia estacionados em frente à casa, esperou-o na esquina, sabendo que ele não demoraria a chegar. Assim, ele pôde escapar, apenas com a roupa do corpo, sofrendo pelo que imaginava estar acontecendo com os demais.

— Eu tenho que dar um jeito de sair da cidade o mais rápido possível — ele explicou a Raquel. — Não sei quanto tempo o pessoal que foi preso vai aguentar, e também não posso colocar a sua segurança em risco permanecendo aqui.

— Você fica aqui o tempo que precisar. Pouca gente sabe onde eu moro, ou suspeita desse nosso caso. Amanhã nós damos um jeito — ela ponderou.

Qualquer que fosse o jeito seria arriscado. As barreiras nas estradas eram rotineiras, principalmente nas rodovias que ligavam Belo Horizonte a outras capitais. Os cartazes com as fotos dos "Procurados" estavam afixados nos aeroportos, estações ferroviárias e nos guichês de venda de passagens nas rodoviárias (aliás, Belo Horizonte foi a primeira cidade a utilizar tal expediente). Policiais permaneciam nestes locais, passando-se por passageiros em trânsito. Mas ele teria que correr o risco.

Raquel, então, apresentou-lhe seu plano. Propôs que viajassem juntos até a cidade onde sua família morava. Lá, seria fácil uma carona para São Paulo, pois estariam quase na divisa do estado. Poderiam, também, conseguir algum dinheiro emprestado com sua mãe. Sem melhor alternativa, ele concordou.

No dia seguinte, Raquel saiu bem cedo, deixando o amigo só. Na rua, antes de seguir para a rodoviária, observou com cuidado as imediações, certificando-se de que sua casa não era vigiada. Comprou duas passagens, no último ônibus noturno. Eles chegariam de madrugada à casa de sua família. Por precaução, não preveniu ninguém sobre aquela visita inesperada, desta vez acompanhada.

Ele somente embarcaria em uma parada, na saída da cidade. E ela suspirou aliviada quando, da janela do veículo, avistou-o dando sinal para o motorista. O jovem entrou e sentou-se a seu lado, pedindo licença, como se não a conhecesse. Tomava todas as precauções para que, caso surgisse algum imprevisto, ela não fosse envolvida.

Até o posto da Polícia Rodoviária Federal, alguns quilômetros adiante, eles viajaram tensos, em silêncio. Quando passaram pela barreira, ele, discretamente, segurou-lhe a mão, apertando-a. Ela teve a impressão de que ele chorava, mas permaneceu calada. A noite estava bonita, iluminada pela lua cheia, e ele, como em um sofrido ritual de despedida, olhando a paisagem de sombras prateadas, começou a cantar baixinho: *Ainda hoje vou embora pra Candeias, ainda hoje, meu amor, eu vou voltar... Da terra nova nem saudade vou levando, pelo contrário pouca história pra contar.*[15]

Naquela (então) pequena cidade do sul de Minas, o rapaz permaneceu apenas um dia, o suficiente para que contatasse alguém em São Paulo. Por precaução, fez todas as ligações de uma cabine telefônica. Ninguém suspeitou de nada. Com seu jeito tímido e carinhoso, ele havia conquistado a todos. E, como ela previra, não foi difícil conseguir uma carona. Ele viajou recomendando a Raquel que permanecesse por lá até receber um telegrama avisando de que estava tudo O.K. Dois dias depois a notícia chegou: "Estou bem. Muito obrigado. Sigo viagem. Saudade. Beijos."

Raquel leu e releu aquele telegrama, que não era sequer assinado, inúmeras vezes, feliz por constatar que ele havia escapado. Ela sabia que, de São Paulo, ele seguiria para o Rio de Janeiro, mas seu coração estava apertado. Não tinha a menor ideia de quando iria reencontrá-lo, e nem que espaço restara em suas

---

[15] "Candeias", Edu Lobo (1967).

vidas para aquela pequena história de amor que, mal começara, já estava mudando a sua vida.

Raquel retornou a Belo Horizonte e, assim que colocou os pés em casa, um vizinho, também estudante, comentou que, no dia anterior, teve a impressão de que dois desconhecidos estiveram rondando as imediações. Ela ficou preocupada e, imediatamente, deixou suas coisas na sala e foi para a faculdade, onde confirmou, com um amigo comum, a suspeita de que a polícia estava no encalço do rapaz e, possivelmente, sabia do relacionamento entre eles.

Da faculdade mesmo, Raquel telefonou para a amiga, no Rio de Janeiro. Voltou para casa, jogou o que pôde em um velho saco de viagem, tomou um táxi e foi para o banco retirar o pouco dinheiro de que ainda dispunha. Na pressa de juntar suas coisas, quase põe tudo a perder, ao colocar um relógio grande e barulhento dentro da bolsa que levava a tiracolo. Uma mulher que estava na fila, ao ouvir aquele tique-taque insistente, concluiu que se tratava de uma bomba, e comunicou suas suspeitas aos seguranças. Eles revistaram-na e constataram, para chacota dos demais, que o temível artefato era apenas um inocente despertador.

## Abaixo a Ditadura

*Em Belo Horizonte, as passeatas estudantis eram tão rotineiras que uma das chamadas de primeira página do* Diário da Tarde — *naquela época o segundo jornal de maior circulação em Minas Gerais* — *na edição do dia 3 de abril de 1968 era: "Ontem não teve passeata". Um dos baluartes de toda essa mobilização era a luta contra o ensino pago, que estava sendo ges-*

*tado entre os governos do Brasil e dos Estados Unidos, por meio do acordo MEC-Usaid.*[16]

Naqueles dias, o centro da cidade, onde se concentrava grande parte dos serviços e do comércio, se transformava em uma verdadeira praça de guerra. Os comerciantes fechavam suas lojas e a população evitava a área, levando o então presidente do Clube dos Diretores Lojistas, Nirlando Beirão, a responsabilizar as passeatas por uma queda de 70% nas vendas dos estabelecimentos ali situados.

Para burlar essa repressão, os estudantes adotaram uma nova estratégia na organização de suas manifestações de rua: os comícios relâmpagos. Eles pipocavam, simultaneamente, em pontos de aglomeração popular, como as praças e feiras livres. Em geral, eram precedidos de assembleias nas faculdades, onde os jovens se dividiam em pequenos grupos, com destino aos locais predeterminados. Antes, eram orientados a se manterem juntos, dificultando, assim, a ação dos agentes infiltrados.

O campo da luta contra a ditadura era fértil, pois, para milhares de jovens, eles próprios vítimas das arbitrariedades do regime, era difícil também não se envolver com aquela euforia contestadora que se alastrara pelo mundo.[17] Mas, no Brasil, as manifestações se inten-

---

[16] A política educacional do governo tinha dois sentidos: um era o estabelecimento do ensino pago (principalmente no nível superior) e outro, o direcionamento da formação educacional dos jovens para o atendimento das necessidades econômicas das empresas capitalistas (mão de obra e técnicos especializados). Estas diretrizes correspondiam à forte influência norte-americana exercida por meio de técnicos da United States Agency for International Development — Usaid (agência americana que destinava verbas e auxílio técnico para projetos de desenvolvimento educacional), que atuavam junto ao Ministério da Educação (MEC), gerando uma série de acordos que deveriam orientar a política educacional brasileira.

[17] "Movimentos de protesto e mobilização política surgiram por toda parte, especialmente no ano de 1968: das manifestações nos Estados Unidos contra a guerra no Vietnã à Primavera de Praga; do maio libertário dos estudantes franceses ao massacre de estudantes no México; da

*sificaram em toda parte, sobretudo após a morte do estudante Edson Luís, no restaurante Calabouço, no Rio de Janeiro, no dia 28 de março, durante um confronto com a polícia. A reação foi imediata: no dia seguinte, o enterro do jovem estudante transformou-se em um dos maiores atos públicos contra a repressão; missas de sétimo dia foram celebradas em quase todas as capitais do país, seguidas de passeatas que reuniram milhares de pessoas. A partir daquele momento, o Brasil entrava em um dos períodos mais tensos e convulsionados da sua história. Foram algumas das maiores manifestações de massa ocorridas no país desde a "Marcha com Deus pela Liberdade", em apoio ao golpe militar de 1964.*

*A insatisfação da juventude com o regime recebeu adesão de artistas e intelectuais, também perseguidos pela censura. Em 26 de junho de 1968, cem mil pessoas — a Passeata dos Cem Mil — marcharam pelas ruas do Rio de Janeiro exigindo o abrandamento da repressão, o fim da censura e a redemocratização do país. A novidade foi a presença de religiosos, padres e freiras, que aderiram aos protestos*

*A partir do segundo semestre de 1968, a repressão recrudesceu. As balas utilizadas pelos soldados deixaram de ser de festim. O controle das ruas, em alguns momentos, passou para o Exército. Ainda no Rio, durante uma manifestação, cerca de 600 pessoas foram presas. Na capital mineira, em agosto de 1968, o secretário de Segurança Pública, Joaquim Ferreira Gonçal-*

---

alternativa pacifista dos hippies, passando pelo desafio existencial da contracultura, até os grupos de luta armada espalhados pelo mundo afora. Os sentimentos e as práticas de rebeldia contra a ordem, e de revolução por uma nova ordem, fundiam-se criativamente..." No caso específico do Brasil, "a contestação radical à ordem estabelecida no pós-64 não se restringia às organizações de esquerda; difundia-se socialmente na música popular, no cinema, no teatro, nas artes plásticas e na literatura..." RIDENTI, Marcelo. "Que história é essa?" In *Versões e ficções: o sequestro da história*. São Paulo: Editora Perseu Abramo, 1997, p. 11-30.

*ves, anunciou sua intenção de colocar 26 mil homens na rua para impedir uma passeata. Lideranças eram presas preventivamente, assim que alguma manifestação era anunciada. O período conhecido como os "Anos de Chumbo" estava apenas se iniciando.*[18]

*Em outubro daquele ano, após o malogro do Congresso da UNE em Ibiúna, no interior de São Paulo, foram presas algumas das principais lideranças do ME, entre elas Luiz Travassos, José Dirceu e Vladimir Palmeira.*[19] *Todos foram enquadrados na Lei de Segurança Nacional, tendo sido aberto Inquérito Policial Militar. É que, desde 1964, com a aprovação da Lei "Suplicy de Lacerda" (nome do então ministro da Educação), as entidades estudantis estavam proibidas de desenvolver atividades políticas. Mas os estudantes negaram-se a participar das novas instituições oficiais e asseguraram a existência das suas entidades legítimas, na clandestinidade.*

*A declaração do governador paulista Abreu Sodré, que havia ordenado a invasão em Ibiúna, ilustra o pensamento das autoridades da época: "A prisão significa um basta à desordem. Estou certo de que mais tarde não serei chamado de omisso ou covarde pelos traba-*

---

[18] "Foi o mais duro período da mais duradoura das ditaduras nacionais. Ao mesmo tempo, foi a época das alegrias da Copa do Mundo de 1970, do aparecimento da TV em cores, das inéditas taxas de crescimento econômico e de um regime de pleno emprego. Foi o Milagre Brasileiro." GASPARI, Elio. *A ditadura escancarada*. São Paulo: Companhia das Letras, 2002.

[19] Luiz Travassos (presidente da União Nacional dos Estudantes entre 1967 e 1968 — UNE), Vladimir Palmeira (presidente da União Metropolitana de Estudantes do Rio de Janeiro entre 1967 e 1968 — UME), José Dirceu (presidente da União Estadual de Estudantes entre 1965 e 1968 — UEE de São Paulo). Os três foram libertados com o sequestro do embaixador americano Burk Elbrik, em setembro de 1969. Travassos e Vladimir retornaram ao Brasil dez anos depois, com a Anistia. Travassos morreu logo depois em um acidente de carro no Aterro do Flamengo, no Rio de Janeiro. Vladimir ajudou a construir o Partido dos Trabalhadores, onde iniciou sua carreira parlamentar. José Dirceu retornou ao país em 1975, onde viveu, clandestinamente, até o decreto da Anistia. Foi um dos fundadores do PT e ministro-chefe da Casa Civil no primeiro governo Lula.

*lhadores. Com a prisão dos baderneiros, evito que a violência se torne regra. Não permitiremos que os subversivos e terroristas agitem este estado, subvertendo a ordem pública e gerando a intranquilidade."*

*Criada em 1937, a União Nacional dos Estudantes teve um papel ativo em vários momentos da vida política do país, em defesa das liberdades democráticas e da justiça social. Com o AI-5 em vigor, foram canceladas as grandes manifestações estudantis e de massa que só ressurgiram, no final da década de 1970, com a luta pela anistia e pela volta ao regime democrático. Em 1985, a UNE voltou à legalidade.*

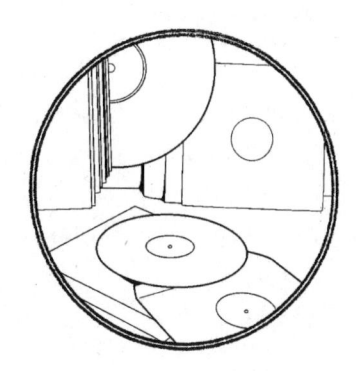

## Capítulo 7

No Rio, Raquel novamente hospedou-se no apartamento do jornalista, até que surgiu uma solução que lhes pareceu perfeita. Um jovem americano estava procurando companhia para dividir uma casa. Apesar do preconceito que, naquela época, todo mundo tinha contra qualquer americano, foi-lhes assegurado que o rapaz era boa gente. Por outro lado, ninguém jamais iria suspeitar que ele estivesse abrigando subversivos. Os argumentos eram bastante razoáveis.

Foi assim, com o aval da embaixada dos Estados Unidos no Brasil, que Raquel e o americano alugaram uma casa em Santa Teresa. Ficava bem no alto do bairro, com uma vista linda da cidade. A amiga carioca também iria morar com eles, pois, com a família, sua liberdade era restrita.

O americano, descendente de imigrantes gregos, tinha os olhos azuis e os cabelos castanhos, que mantinha até quase os ombros, bem ao estilo hippie. Um colete de camurça bastante surrado, cheio de bolsos, compunha seu vestuário em qualquer situação, e funcionava como uma espécie de extensão de sua identidade. Fazia parte do *Peace Corps* ou Voluntários da Paz,[20] e orgulhava-se de falar bem o português.

Nos Estados Unidos, ele havia iniciado um curso de sociologia, mas seu hobby era a fotografia. Tinha um ótimo equipamento e a primeira coisa que fez quando se mudaram foi montar seu laboratório, em um dos quartos, nos fundos da casa. Já as duas moças mal arranhavam o inglês. Mas, sempre que podiam, revistavam um enorme baú em que ele guardava objetos pessoais, documentos, livros, revistas e as cartas que recebia de casa. Elas queriam certificar-se de que ele não era um agente da CIA. Todas essas tentativas, contudo, foram em vão, pois não entendiam nada do que estava escrito. Eventualmente desistiram, permitindo que surgisse entre eles uma grande amizade.

A casa em Santa Teresa passou, também, a ser uma espécie de quartel-general da turma de jovens americanos. Muitos anos depois, ao assistir ao filme *Missing*, de Costa Gavras, sobre o desaparecimento de um integrante do *Peace Corps* no Chile (com Jack Lemmon em uma excelente performance, no papel do pai do garoto), Raquel se lembraria com emoção daqueles tempos.

Certa vez, ela participou da festa de despedida de um dos sorteados para o Vietnã. Um rapaz louro, magricelo, bem alto, com a cara coberta por marcas de espinhas, proveniente do Arizona. Sua maior habilida-

---

[20] Agência governamental norte-americana, instituída pelo presidente Kennedy no início do seu governo, com o objetivo de enviar voluntários ao então chamado Terceiro Mundo para trabalhar em projetos de assistência comunitária, especialmente nas áreas de Educação, Saúde e Desenvolvimento Agrícola. Ver " O sentido de missão no imaginário político norte-americano", de Cecília Azevedo, in *Revista de História Regional*, 1988, disponível em http://www.rhr.uepg.br/v3n2/cecilia.htm.

de era fazer uns biscoitos de farinha de milho fantásticos. O pai tinha uma pequena fazenda, vários outros filhos e nenhum recurso para custear e manter sua fuga. Meses depois eles receberam a notícia de sua morte. Os jovens americanos, um grupo de cerca de 20 pessoas, revoltados, foram para a porta da embaixada dos Estados Unidos no Rio de Janeiro e queimaram a bandeira do país. Aqueles identificados como cabeças do movimento foram desligados do programa e mandados de volta.

Muitos dos amigos brasileiros olhavam com desdém aquelas novas amizades. Mas foi por meio delas que, além de começar a se comunicar melhor em inglês, Raquel constatou que nem tudo o que era bom para os Estados Unidos teria que, necessariamente, ser ruim para o Brasil. Por influência do rapaz com quem compartilhava a casa, descobriu e se apaixonou pelo blues das negras americanas e pelo rock de Bob Dylan, Rolling Stones e Janis Joplin.

Raquel também foi influenciada em sua maneira de vestir e nunca esqueceu a primeira calça Levis — naqueles tempos, uma preciosidade —, com a qual o americano a presenteou ao regressar de uma viagem aos Estados Unidos, obrigando-a a pronunciar o nome da marca corretamente: *livais*. Ela também não tardou a ser iniciada na maconha, em uma noite inesquecível. Isso explicava muito do comportamento diferente que às vezes notava em alguns daqueles americanos, que costumava atribuir apenas ao consumo de álcool.

O americano sondava o terreno há algum tempo, tentando introduzir o assunto. Raquel foi ficando curiosa, até que concordou em fazer uma experiência, desde que aquilo fosse mantido entre eles como um segredo absoluto, pois tinha certeza de que seus companheiros de política iriam condená-la com veemência por tal atitude. No dia combinado, o rapaz passou o tempo todo atarefado. Improvisou luminárias coloridas com lenços de seda e papel crepom; caprichou na seleção de discos; colocou garrafas de vinho para gelar; espalhou almofadões pela sala; preparou uma mesa de frios e frutas, predominando uvas e morangos. Combinaram o início da festa para as 19h pois, para completar a "viagem", iriam pegar a última sessão de cinema, para assistir *2001, uma odisseia no espaço,* de Stanley Kubrick.

Aquilo, sim, para a garota, foi uma odisseia! Do filme não se lembra de nada. Apenas algumas fantásticas imagens permaneceram gravadas em sua memória. Não quis rever o filme. O que sabe são coisas que leu ou cansou de escutar nas mesas de botecos do Rio de Janeiro, após as obrigatórias sessões do Cine Paissandu onde, religiosamente, aos sábados, rolavam aqueles inconclusivos papos-cabeça.

Antes disso, durante a viagem de ônibus na mudança para o Rio de Janeiro, já indo para ficar, Raquel não deixava de pensar no modo como os acontecimentos se precipitavam em sua vida. Ainda levava muito da ingenuidade de uma garota de 19 anos, recém-completados, mas algumas experiências já imprimiam nela as marcas de um amadurecimento precoce.

Ela chegou na cidade arrastando o seu feio e pesado saco de viagem, como um caramujo carregando sua casa. O próprio Doutor, aquele companheiro advogado com quem ela se encontrou em sua primeira viagem ao Rio, incumbiu-se de buscá-la na rodoviária.

Enquanto dirigia um fusca caindo aos pedaços, corroído pela maresia, ele a orientava sobre a importância de manter uma vida discreta, sem nenhum comportamento que pudesse despertar qualquer suspeita, sobretudo por parte dos vizinhos. Era imprescindível que tratasse logo de procurar um emprego. Voltar para a universidade, naquele momento, seria arriscado. As faculdades abrigavam espiões e dedos-duros que, em pouco tempo, tratariam de descobrir suas ligações e proveniência. No rádio, Evinha, cantando o hit do momento — "Casaco marrom" — parecia saudá-la: *alô coração, alô coração*!

Raquel começou, então, uma verdadeira peregrinação pelas agências de emprego. Usava sempre o seu melhor vestido, fizesse frio ou calor. Uma espécie de uniforme de gala, de lã azul-marinho. Afinal, os anúncios sempre exigiam moças de boa aparência. O problema é que ela não sabia fazer absolutamente nada. Os testes de datilografia eram um verdadeiro desastre. Em uma dessas tentativas, a amiga carioca foi surpreendida fazendo a prova em seu lugar, e foi o maior vexame. Outra vez, sem nunca haver tocado em uma máquina registradora, resolveu comparecer a um teste para caixa de supermercado. O responsável pela seleção, percebendo sua dificuldade, mostrou-se solícito e pediu que ela retornasse à noite, após o expediente, pois ele próprio iria ensiná-la. Logo que chegou, ela percebeu quais eram realmente as suas intenções: sempre que cometesse algum erro, levaria um beliscão na coxa.

Um mês depois, quando já estavam instalados na casa de Santa Teresa, Raquel foi visitar sua família, no interior de Minas. Entre desculpas, meias verdades e boas intenções, ela comunicou o fato consumado. Conseguiu convencer a mãe a continuar mandando a pequena mesada. Essa seria sua contribuição para o aluguel e as despesas domésticas. Eventualmente, o Doutor lhe repassava algum dinheiro. Em uma dessas ocasiões, ele convidou-a para jantar.

O advogado escolheu um restaurante pouco badalado no Flamengo, pois o assunto que iria tratar era sério e reservado. Ninguém, nem mesmo os seus companheiros de casa, poderiam saber o que viesse a ser acertado ali.

Enquanto jantavam, o Doutor explicou que o grupo, do qual informalmente Raquel fazia parte em Belo Horizonte, o Colina,[21] havia se transformado em uma organização poderosa, com ramificações no país inteiro. Pregava a revolução no Brasil, por meio da luta armada. Seus integrantes vinham realizando várias ações, não apenas para desestabilizar o regime, mas também a fim de obter recursos para a manutenção de pessoal e aquisição das armas necessárias.

Raquel não ficou nem um pouco surpresa com a revelação do companheiro. Ele, de certa forma, já havia sugerido isso antes, quando, naquela sua primeira viagem ao Rio de Janeiro, se encontraram na praia, justificando a presença dos outros dois companheiros na cidade. Só que, agora, ele pedia-lhe que respondesse, ali mesmo, se estava disposta a seguir em frente, deixando claro os riscos a que iria se expor. Se ela não

---

[21] O Comando de Libertação Nacional (Colina) fundiu-se com a Vanguarda Popular Revolucionária (VPR), de Carlos Lamarca, em julho de 1969, dando origem à Vanguarda Armada Revolucionária Palmares (Var-Palmares), em homenagem ao quilombo de Zumbi.

concordasse, ele continuaria ajudando-a até que se ajeitasse na vida.

Mas Raquel concordou. Teria, então, que passar por uma espécie de estágio de formação ou doutrinação política, o que eles chamavam de Organização para Principiantes (OPP). De acordo com o dirigente, era importante que ela amadurecesse ideologicamente. Para isso, uma companheira seria escalada para ajudá-la. Dois dias depois elas se encontraram no Jardim Botânico.

A companheira era ruiva, alta, bonita, e vestia-se toda de preto. Ela chegou trazendo uma pasta contendo o que deveria ser lido pela nova aluna: textos mimeografados, jornais e livros. Então, em meio àquele bairro de natureza exuberante, iniciou sua aula, discorrendo sobre a luta de classes e mais-valia. Naquela tarde a garota foi batizada com seu nome de guerra e, dias depois, recebeu novos documentos de identidade.

— Daqui pra frente, em nosso meio, seu nome é Raquel — comunicou a ruiva.

## Paz e Amor

*Ainda hoje muito se discute sobre um dos momentos mais importantes para a sociedade norte-americana, o período do envolvimento dos Estados Unidos na Guerra do Vietnã. Os estilhaços dessa política intervencionista pipocaram pelo mundo todo, mas, pela culatra, acabaram atingindo a própria opinião pública interna, cingindo-a ao meio: de um lado, a chamada maioria silenciosa e conservadora, cegamente confiante na supremacia do país em relação ao restante do planeta; de outro, a massa de jovens, artistas e intelectuais, que condenavam a política de força, por parte da superpotência, sobre aquele pequeno país, no Sudeste da Ásia, recorrendo aos massacres e a outras atrocidades de guerra.*

*Esse conflito interno se intensificou, sobretudo, no ano de 1969, com as centenas de baixas, envoltas em sacos de plástico, ou de ex-combatentes mutilados, que retornavam ao país. O filme* Nascido em 4 de julho, *dirigido por Oliver Stone em 1989, com Tom Cruise, é o retrato perfeito daquele momento e da força com que o movimento pacifista surgiria, com sua bandeira de "Paz e amor".*[22] *Uma postura que implicou, por parte de milhares de jovens, uma crítica aos valores globais da sociedade americana, expressa por diversas formas, hábitos e costumes. Pregavam a desobediência civil, proclamavam a contracultura, repudiavam o consumismo, manifestavam-se por meio das roupas e de um estilo próprio de vida, em busca de uma "sociedade alternativa". Uma verdadeira revolução que se propagou pelo mundo todo.*[23]

*Na crista dessa onda lúdica, contestadora e também política, surgiu o movimento hippie que, em agosto de 1969, promoveu o emblemático* Festival de Woodstock, *nas proximidades de Nova York, reunindo cerca de 400 mil jovens em torno dos grandes ídolos do rock, naquele momento, como Janis Joplin, Joan Baez, Jimi Hendrix, o grupo The Who, entre tantos outros.*

*As grandes manifestações públicas desses jovens, contudo, eram em protesto contra a guerra, quando eles queimavam as bandeiras dos Estados Unidos, e as convocações para o serviço militar. Os casos de deser-*

---

[22] Ver também *Platoon*, de Oliver Stone (1986).
[23] O escritor e jornalista Norman Mailer, em seu livro *Os exércitos da noite* (Record, 1968), narra a grande marcha pacifista — ocorrida em Washington em 1967 — contra a guerra do Vietnã, tendo recebido o prêmio Pulitzer pela obra.

*ção prévia começaram a ocorrer em larga escala, obrigando o governo a adotar o expediente do sorteio. E, naquele momento, no auge da Guerra do Vietnã, o Peace Corps foi para muitos a salvação. Eles se inscreviam no programa por dois anos e, em geral, escolhiam os países da América do Sul, África ou Ásia. Nesse período, caso fossem sorteados, muitos deles, com o apoio da família, desertavam.*

*Naquele momento, o uso da maconha era generalizado entre os jovens nos Estados Unidos e, segundo pesquisas da época, a maioria dos consumidores era branca e proveniente da classe média. Centenas deles ficaram viciados durante a Guerra do Vietnã, motivando uma campanha liderada pelo ultrarreacionário presidente Nixon:* Stop with marijuana. *Enquanto os pacifistas portavam seus cartazes com os dizeres "Stop all war now", Nixon desfraldava sua bandeira,* "War on drugs", *chegando, inclusive, a contar com o apoio do cantor Elvis Presley, buscando, desta forma, tentar melhorar sua imagem junto aos jovens.*[24] *O seu governo adotou medidas severas para combater a droga.*[25] *Porém, mais que impedir o consumo, visava atingir o movimento dos hippies e da contracultura. Ficou famoso o caso de um ex-combatente, de 25 anos, condecorado na guerra, e que, ao regressar ao país, foi flagrado portando 30 gramas da erva. Foi condenado a 50 anos de prisão.*

---

[24] "Elvis Presley, um guerreiro frio de Nixon e caguete do FBI", revista *Época*, edição nº 217, de 14/7/2002.
[25] A guerra contra as drogas foi lançada oficialmente no início dos anos 1970 pelo governo Nixon, tendo então sido criado o Gabinete de Ação Especial para a Prevenção à Toxicomania (SAODAP, na sigla em inglês).

## Capítulo 8

No Rio de Janeiro, apesar de tantas novidades, Raquel não conseguia deixar de pensar no namorado. Desde aquele telegrama enviado para a casa de sua família, nunca mais tivera notícias do rapaz. Presumia que ele estivesse na cidade e, volta e meia, acreditava tê-lo visto. Ora em alguma praia apinhada de gente; ora em meio aos milhares de pessoas com as quais cruzava no centro da cidade, quando se dirigia aos belos Arcos da Lapa para tomar o bondinho que a levaria para casa.

Sua obsessão em encontrar o namorado acabou contagiando os amigos. O casal que a hospedara logo que ela se mudou para o Rio mantinha uma militância discreta, mas era bem relacionado no meio da esquerda e prometeu ajudá-la. Pelo menos descobrir se o rapaz estava mesmo no Rio. Afinal, com as suas características físicas, ainda que estivesse usando outra identidade, não seria difícil localizá-lo.

Um dia Raquel saiu sem rumo certo, guiada apenas pelo instinto. Foi até aquele bar em Botafogo, onde ele a beijou pela primeira vez. Andou pelas ruas laterais pensando que, se ele havia marcado o encontro naquele local, talvez fosse porque estivesse hospedado nas imediações. Sentou-se para tomar um refrigerante e, então, decidiu caminhar até a Urca. Iria à universidade, onde nunca estivera. Apesar das ponderações feitas pelo Doutor, queria informar-se sobre a possibilidade de transferir sua matrícula de Belo Horizonte para lá.

Raquel entrou no pátio admirada com aquelas majestosas construções, em estilo neoclássico, pintadas de rosa, e pensou como seria agradável estudar ali. Mas tudo estava fechado, pois a universidade estava em greve. Foi informada, por um dos vigias, de que havia uma assembleia estudantil em um dos prédios. Então, mais uma vez agindo por instinto, sentindo o coração bater apressado, ela dirigiu-se para o local. Antes mesmo de entrar, surpresa, ela reconheceu a voz que lhe era tão familiar: ele estava lá.

Raquel voltou exultante para casa, carregada de compras, incluindo duas garrafas de vinho, flores e camarões para o jantar. Ao vê-la chegar com tal extravagância, os amigos repreenderam-na, pois, afinal, o dinheiro ali era contado. Mas, ao serem informados sobre os motivos daquela euforia perdulária, partilharam de sua alegria e se dispuseram a ajudá-la com os preparativos, comprometendo-se a deixá-la a sós para receber a tão esperada visita.

Ele chegou na hora combinada. Naquela manhã, quando se encontraram na universidade, Raquel havia lhe contado, rapidamente, o que havia precipitado sua decisão de sair de Belo Horizonte. Mas, naquela noite, depois de tanto tempo, na penumbra da varanda envidraçada, que refletia a vista maravilhosa da cidade, estimulados pelo blues que o americano, maliciosamente, havia colocado na vitrola antes de sair, meio embriagados de vinho e paixão, o que eles menos queriam era conversar. O jantar poderia esperar.

O reencontro com o namorado devolveu a Raquel sua verdadeira identidade. Sua alegria era contagiante. Ele aparecia a qualquer hora, no meio da noite, quando menos se esperava. Muitas vezes, era como se estivesse vindo de um campo de batalha, cansado, sujo, a barba por fazer e morto de fome.

Essa aparição repentina fazia com que o americano, sempre solidário, muitas vezes fosse buscá-la com sua velha caminhonete, onde quer que ela estivesse, quando o rapaz batia à porta. E, nessas noites, ninguém dormia na casa. O amor dos dois repercutia, incansável e ritmado, nas molas de uma estreita cama de solteiro.

Permanecia entre os dois jovens o acordo de não fazer perguntas um ao outro sobre a vida que levavam. Mantinham o romance na maior discrição. Pela aparência do rapaz quando se encontravam, Raquel começou a pressentir que ele não estava se dedicando apenas à militância estudantil. Ela, por sua vez, ainda sem emprego, tinha disponibilidade para viajar, vinha desenvolvendo o que considerava um trabalhinho à toa. Era o que chamavam de "pombo-correio". Levava e buscava alguns pacotes, de tamanho e peso variados, sem ter a menor ideia dos conteúdos. Às vezes, até na praia essas transações eram feitas. Alguém chegava, dizia uma senha, e ela entregava ou recebia a mercadoria.

O Doutor era sempre o intermediário, quem lhe passava as tarefas. Era também ele quem a orientava, pedindo cada vez mais cuidado, que respeitasse o limite de tolerância nos pontos (15 minutos); ele próprio tomando as necessárias precauções. As notícias sobre torturas e desaparecimento de companheiros eram alarmantes. Mesmo assim não parecia que Raquel tivesse verdadeira noção do que estava fazendo e, muito menos, dos riscos aos quais se expunha.

Certo dia, ao voltar para casa, ela deparou com o ex-professor de Geografia, daquele cursinho em Belo Horizonte, que também mudara para o Rio, caminhando em sua direção. Eles haviam se tornado muito amigos e Raquel ficou contente por reencontrá-lo. Há muito não o via e, então, decidiu convidá-lo para almoçar em sua casa. Mas quando estavam se aproximando, antes que tivesse conseguido esboçar-lhe qualquer gesto amistoso, um sorriso que fosse, ele olhou-a de tal forma, com tanta intensidade e, em seguida, virou a cabeça, cruzando por ela, sem cumprimentar. Instintivamente, Raquel olhou para o lado oposto e avistou dois homens que, atentos ao rapaz, também vinham descendo a rua.

Aquela expressão de agonia custou a sair de sua cabeça. O professor agira como se fosse um moribundo que apenas podia comunicar-se com os olhos. E ela seguiu seu caminho, tentando conter as lágrimas, pensando no que poderia ter acontecido se não tivesse captado aquele sinal, transmitido apenas com um olhar.

No dia seguinte, a foto do rapaz sairia estampada na primeira página dos jornais. O "terrorista" era acusado de roubo, assaltos e sequestro. Na verdade, soube-se depois, ele fora preso dias antes da data publicada na imprensa e estava sendo submetido às maiores atrocidades. Certamente, naquele dia em que Raquel o avistara, os policiais estavam fazendo um "passeio" com o preso, nas proximidades de sua própria casa, exatamente para ver se alguém mais caía na rede. É incrível que ele tenha conseguido sobreviver ao verdadeiro inferno em que a Polícia do Exército do Rio de Janeiro havia sido transformada.

Nessa ocasião, setembro de 1969, a repressão acabara de sofrer um tremendo golpe com o sequestro do embaixador dos Estados Unidos, Charles Elbrick. Um ato que garantiu a vida dos 15 prisioneiros trocados pelo diplomata.[26]

As negociações com o Exército duraram vários dias e o clima no país era bastante tenso. Havia uma enorme expectativa sobre os rumos daquela surpreendente investida sobre o regime, sobretudo porque, de início, os militares anunciaram que não iriam negociar.

No Rio, em qualquer lugar, em todos os cantos, nas esquinas e nos botecos, não se falava em outra coisa. Raquel e sua amiga recebiam as notícias em primeira mão, trazidas pelo jornalista em cujo apartamento se hospedara antes de alugar a casa em Santa Teresa. Por outro lado, elas recebiam, também, informações privilegiadas trazidas pelos voluntários do *Peace Corps*, que as obtinham por meio da própria embaixada norte-americana.

O mesmo não acontecia com um colega do Doutor, um economista que, naqueles dias, estava no Rio terminando a redação de uma tese de doutorado que defenderia na Fundação Getulio Vargas. O moço passava os dias trancado no apartamento. Às vezes descia,

---

[26] Em 1970, foram realizados outros três sequestros: em março, a VPR e o MRT sequestraram o cônsul japonês em São Paulo, libertando cinco presos; em junho, a VPR e a ALN sequestraram o embaixador da Alemanha, trocando-o por 40 presos e, em dezembro, foi a vez do embaixador suíço, sequestrado pela VPR e trocado por mais 70 presos, após uma negociação que durou perto de 40 dias.

rapidamente, para fazer um lanche no bar da esquina. Ele não tinha a menor ideia das atividades do amigo que o hospedava e que, naqueles dias, estava fora da cidade. Encontrava-se, portanto, isolado do mundo.

Nessa condição, um dia ele ligou a TV para assistir ao jornal, no exato momento em que o apresentador estava lendo o famoso manifesto que terminava dizendo que, daí para frente, seria "olho por olho, dente por dente".[27] Para o economista, tal mensagem ser transmitida pelo porta-voz da Rede Globo só tinha uma explicação: a ditadura havia caído. Então, ele desceu correndo pelas escadas, cumprimentando todo mundo que surgia pela frente, chamando a todos de companheiro. Esperava encontrar o maior carnaval nas ruas e queria brindar com alguém aquele momento histórico. Mas, no bar, as coisas estavam como sempre. Sentou-se ao balcão e continuou assistindo ao restante do noticiário. A ditadura não só não caíra como, pelo contrário, estava prestes a iniciar a sua fase mais sangrenta. O Brasil não seria mais o mesmo.

No dia 7 de setembro, após um cativeiro que durou quatro dias, o diplomata foi libertado. Os 15 presos políticos negociados foram banidos do país e levados para o México. Os militares, imediatamente, colocaram em vigor uma nova Lei de Segurança Na-

---

[27] Além da libertação dos 15 presos políticos, os sequestradores exigiram a publicação e leitura, na íntegra, de um manifesto nos principais jornais, rádios e televisões do país, e que terminava assim: "Finalmente, queremos advertir aqueles que torturam, espancam e matam companheiros: não vamos aceitar a continuação dessa prática odiosa. Estamos dando o último aviso. Quem prosseguir torturando, espancando e matando ponha as barbas de molho. Agora é olho por olho, dente por dente." Veja a íntegra do manifesto in *Versões e ficções: o sequestro da história*, Editora Perseu Abramo, 1997, p. 187-191.

cional, o Decreto-Lei nº 898, endurecendo ainda mais o regime ditatorial. Posteriormente, a maioria dos integrantes do sequestro foi presa.

Depois que começou a ser escalada para viajar, desempenhando seu papel de pombo-correio em outras cidades, Raquel e o namorado concluíram que não dava mais para continuar da mesma forma, ele aparecendo sem avisar, sem saber o que pudesse estar acontecendo na casa, pois não tinham telefone. Antes de se despedirem, combinavam encontros em datas e locais específicos. Geralmente, marcavam duas alternativas para o caso de algum imprevisto impedir o comparecimento de um deles na data do primeiro encontro. Eles se amavam sem nenhuma perspectiva de futuro. E, mais uma vez, se desencontraram, pois ele não havia regressado para a primeira data combinada e, na segunda, ela estava viajando. Até que conseguissem reencontrar-se, foi outra batalha.

Essa situação, para ambos, era terrível, mas não havia alternativa. Não podiam mais comprometer a segurança um do outro, nem a das pessoas que os cercavam. A repressão estava cada vez pior. Certo dia, ao viajar para Belo Horizonte, onde permaneceria apenas algumas horas — o tempo de receber uma correspondência —, Raquel sentiu que sua hora poderia ter chegado. Na estrada, antes de Juiz de Fora, os militares montaram uma tremenda barreira e estavam revistando todos os veículos. Os soldados entraram no ônibus armados com metralhadoras, obrigando todos a descer com as mãos para cima, enquanto revistavam as bagagens e conferiam a documentação dos passageiros. Um velhinho, meio surdo, que viajava desacompanhado, e aparentando não estar entendendo nada, apresentou o único documento que possuía, um certificado de reservista todo rasgado e desbotado, completamente ilegível. Ela esteve prestes a interferir, mas permaneceu quieta enquanto os soldados levavam o pobre homem, aos trancos e barrancos, numa cena revoltante. Ao relembrar o episódio, Raquel ainda se pergunta qual terá sido o seu desfecho. O que será que fizeram com o velho?

Por essas e outras, antes de viajar para o Sul, Raquel e o namorado marcaram as datas dos próximos encontros. Seriam 32 horas de viagem. Antes de partir, o Doutor entregou-lhe sua nova carteira de identidade, recomendando que jogasse fora a antiga (o que ela não fez) e decorasse os dados do novo documento: número, local e data de nascimento, nome do pai e da mãe, data e órgão de expedição etc. Entregou-lhe, também, um embrulho pesado que ela colocou no bagageiro e, como sempre, sem informar-se sobre seu conteúdo.

Ao chegar a seu destino, imediatamente após entrar no quarto do hotel, um camareiro bateu à porta. Trazia um bilhete da "prima", hospedada dois andares acima, pedindo que ela fosse até lá, o mais rápido possível. Raquel entendeu que era para levar o pacote e subiu. Foi recebida por uma mulher alta, angulosa, a pele clara e os cabelos muito lisos, tingidos de preto. Parecia estrangeira.

A moça logo pegou o embrulho e espalhou o conteúdo pela cama, dividindo-o em três partes. Envoltos em calças jeans, estavam passaportes, dólares, armas e munição. E enquanto ajeitava tudo aquilo em mochilas, ela orientou Raquel a sair dali o mais rápido possível, no mais tardar no dia seguinte. A moça era categórica com relação às normas de segurança. Ao despedir-se, contudo, tirou da própria mochila um velho e conhecido suéter de cashmere vermelho e deu-lhe de presente, revelando, assim, sua identidade. Era a mulher do seu ex-professor de Geografia, preso no Rio de Janeiro.

O Doutor também havia orientado Raquel para que não voltasse para o Rio enquanto não soubesse que tudo tinha dado certo. Essa certeza ela teria pelos jornais. Na manhã seguinte, ela deixou o modesto hotel Hermont, em Porto Alegre, e foi direto para a rodoviária. Comprou uma passagem para São Paulo e, de lá, viajou para a casa da família, no sul de Minas. Faltavam dois dias para o Natal.

## Anos de Chumbo

*O ano de 1969, no campo da política, foi aberto com uma extensa nota do presidente Costa e Silva, justificando a adoção do Ato Institucional número 5 como uma medida necessária para evitar uma guerra civil. Segundo o general, a "crise foi intensificada, a níveis sem precedentes, pela irresponsabilidade com que um grupo de parlamentares resolveu humilhar, diminuir e desafiar as Forças Armadas".*

*O pronunciamento de Costa e Silva, por si só, já era o prenúncio da disposição dos militares em fazer cumprir à risca os preceitos do AI-5, que lhes garantia plenos poderes, sobretudo no que se referia ao endurecimento do regime e aos desmandos da repressão. Apesar disso, a escalada dos grupos de esquerda envolvidos com a luta armada continuava em ritmo intenso. O movimento estudantil, em declínio em virtude da violenta repressão que se abateu a partir do fracasso do 30º Congresso da UNE, em Ibiúna (SP), descarregou grande parte de seus melhores quadros na luta clandestina. No ano de 1969, ocorreram mais de 100 assaltos e explosões, nos quais morreram 15 guardas e policiais e quatro cidadãos, além de 19 militantes de esquerda.*[28]

*Os assaltos a bancos e a depósitos de armas e munições, ainda que reservadamente divulgados em pequenas notas nos cantos das páginas de polícia, já eram rotina. Algumas ações foram realmente fantásticas, com lances cinematográficos, como foi o roubo de um cofre na casa de Ana Capriglione, por militantes da Var-Palmares, uma organização da qual participavam vários mineiros, originários do grupo Colina.*[29] *O saldo da ação surpreendeu os seus próprios perpetrantes: uma fortuna de mais de 2,5 milhões de dólares, de origem inexplicável e duvidosa, atribuída ao ex-governador de São Paulo, Adhemar de Barros.*

*Outra dessas ações chegou a mobilizar cerca de 40 pessoas, em vários carros, no assalto à Indústria Rochester S/A, em Mogi das Cruzes, no interior de São Paulo. A chamada guerrilha urbana, que deveria garantir a instalação de focos guerrilheiros no campo, estava em pleno curso. As organizações desenvolveram algumas ações armadas ao longo de 1968. A ALN (Ação Libertadora Nacional) e a VPR (Vanguarda Popular Revolucionária) concluíram que estavam no caminho certo e intensificaram suas atividades em 1969. Outros grupos, como a Ala Vermelha, o Partido Comunista Brasileiro Revolucionário (PCBR), o Partido Revolucionário dos Trabalhadores (PRT), a Vanguarda Armada Revolucionária Palmares, o Partido*

---

[28] GASPARI, Elio. *A ditadura escancarada*. São Paulo: Companhia das Letras, 2002, p. 470.
[29] O grupo Colina (Comando de Libertação Nacional) surgiu em Minas, em 1967, de uma dissidência da antiga Polop (Política Operária), o primeiro grupo de esquerda a se organizar no Brasil como opção ao Partido Comunista Brasileiro.

*Operário Comunista (POC), também passaram a não ver outro modo de combater a ditadura, a não ser pela via das armas.*[30]

*Em Belo Horizonte, a ousadia não era menor. Desde o início de 1968, vários bancos haviam sido assaltados na região metropolitana. Mas somente a partir do final de agosto é que os órgãos de segurança se deram conta de que se tratava de ações políticas. Os assaltos e o roubo de armas eram promovidos por grupos que se preparavam para iniciar a guerrilha rural. O "terror", como anunciavam algumas manchetes de jornais, havia chegado a Minas.*[31]

*No dia 14 de janeiro de 1969, integrantes do Colina arriscaram um passo maior e assaltaram, quase que simultaneamente, dois bancos (o Mercantil e o Lavoura), em Sabará, pequena cidade histórica situada na região metropolitana de BH, levando 60 milhões de cruzeiros novos. Na caça aos subversivos, a polícia mobilizou um aparato nunca visto antes, incluindo 50 agentes armados com metralhadoras. Encontrou os veículos utilizados nos assaltos — que haviam sido roubados e em seguida abandonados —, retirou impressões digitais, prendeu suspeitos e con-*

---

[30] RIDENTI, Marcelo. "Que história é essa?" In *Versões e ficções: o sequestro da história*. São Paulo: Editora Perseu Abramo, 1997, p. 21.

[31] Uma matéria da Editoria de Pesquisa do jornal *Estado de Minas*, ao relacionar os assaltos ocorridos em Belo Horizonte, chamava a atenção para o fato de que o ano de 1968 marcou o surgimento da metralhadora nos assaltos a bancos, ao mesmo tempo que, pela primeira vez, constatou-se o aparecimento de mulheres entre os assaltantes. O jornal referia-se aos vários depoimentos de testemunhas dos assaltos apontando a presença de "mocinhas de superminissaias", acrescentando que as autoridades policiais acreditavam que essa indumentária fazia parte do plano dos assaltantes como forma de desviar a atenção dos guardas. Jornal *Estado de Minas*, 17/1/1969, p. 8. O próprio delegado Antônio Emiliano Romano, chefe do Departamento de Polícia Federal em Minas, afirmou que não acreditava que os assaltos que vinham ocorrendo tivessem finalidade política. Jornal *Estado de Minas* 16/1/1969.

*duziu as investigações em sigilo absoluto. No dia 29 de janeiro, na calada da madrugada, invadiu uma casa em um bairro popular da cidade, onde parte do grupo se encontrava: seis rapazes e uma moça. No tiroteio, dois policiais morreram e um militante foi gravemente ferido.*

*Os dias que se seguiram aos assaltos em Sabará até à prisão da "Gangue da metralhadora" forneceram farto material para os jornais. Como diria um popular entrevistado por um dos vespertinos, "Belo Horizonte estava virando São Paulo". Um detetive chegou a culpar o cinema pela má influência exercida sobre os jovens, resultando no aumento da criminalidade. O policial atribuía ao filme* O roubo da Madona de Cedro *de Carlos Coimbra o crescimento dos saques a igrejas das cidades históricas de Minas (justiça seja feita, não tinham nada a ver com a esquerda) e a* Bonnie and Clyde, *de Arthur Penn, a onda de assaltos.*[32]

*A opinião pública se comovia com as famílias enlutadas dos dois mortos em serviço.*[33] *A repressão se vangloriava do feito e os delegados do DOPS, responsáveis pelos interrogatórios, em entrevistas à imprensa, garantiam que os "terroristas" seriam tratados com todo o rigor que a lei lhes facultava.*[34] *A lei era o AI-5. Dos presos não se tinha notícia alguma, sequer os nomes foram divulgados nos dias que se seguiram. O comunicado da Comissão Interamericana de Di-*

---

[32] Jornal *Estado de Minas*, 18/11/1969, p. 8, nota: "Filmes são culpados".

[33] A cobertura do enterro dos dois policiais mortos ocupou várias páginas dos jornais da capital mineira, ilustradas por fotos que destacavam a dor dos familiares e amigos. O *Diário da Tarde* (30/1/1969) estimava que cinco mil pessoas haviam comparecido ao enterro, enquanto o *Estado de Minas* calculava a presença de dois mil policiais (30/1/1969).

[34] Em nota oficial divulgada pelo Secretário de Segurança do Estado de Minas Gerais, Joaquim Ferreira Gonçalves, ele afirmava: "A sociedade está certa de que serão aplicadas aos responsáveis medidas legais tão rigorosas e severas quão bárbaro e covarde foi o massacre dos mantenedores da ordem" (*Diário da Tarde*, 30/1/1969).

*reitos Humanos da Organização dos Estados Americanos (OEA), datado de 25 de junho de 1970, contudo, descreve com detalhes as atrocidades a que foram submetidos.*[35]

---

[35] O comunicado da Comissão Interamericana de Direitos Humanos se referia a um dos primeiros documentos a furar o bloqueio da ditadura militar em relação às denúncias de torturas cometidas no Brasil, amplamente divulgado no exterior. O documento em questão (um manuscrito elaborado por integrantes do grupo Colina, presos em Belo Horizonte em janeiro de 1969) denunciava os casos em prisões do Rio de Janeiro e Minas Gerais. Seu conteúdo foi ignorado pelas autoridades nacionais, mas amplamente divulgado no exterior em 1970. O material ficou conhecido como "Documento de Linhares" por ter sido produzido no interior daquela instituição, localizada em Juiz de Fora (MG), em 1969. Sobre o assunto ver: RIBEIRO, Flávia Maria Franchini. "No núcleo da célula comunista: passagem de documentos e repressão na Penitenciária de Linhares" — texto integrante dos Anais do XVIII Encontro Regional de História — O historiador e seu tempo. ANPUH/SP — UNESP/Assis, 24 a 28 de julho de 2006. ARNS, Paulo Evaristo (org.) *Brasil: nunca mais — um relato para a história*. Projeto Brasil Nunca Mais, Editora Vozes, 36ª edição (1996).

## **Capítulo 9**

Raquel precisou esperar alguns dias na casa de sua família para certificar-se de que "tudo" havia corrido bem. Uma semana depois de sua viagem a Porto Alegre, surpresa, ela compreendeu a orientação do Doutor de que deveria ficar atenta aos jornais. As manchetes noticiavam o sequestro de um avião por dois homens e uma mulher, com destino a Cuba. Intimamente, ela comemorou aquela vitória para a qual contribuíra e se arriscara. Ali, naquela (então) cidadezinha do interior de Minas, se deu conta da dimensão dos atos que vinha praticando e, pela primeira vez, teve medo das consequências.

Ao regressar ao Rio, as notícias não eram nada boas. Alguém havia caído e revelado a vinculação do sequestro do avião em Porto Alegre com o seu grupo. As pessoas insistiam para que o Doutor saísse do país, enquanto era tempo. Quanto a ela, a orientação era a de que fosse para Brasília cumprir uma tarefa e permanecesse por lá, até segunda ordem.

Nesse meio tempo, a amiga carioca, que se preparava para casar com o americano, avaliando a gravidade da situação, comunicou a Raquel sua decisão de abandonar a militância política, pedindo-lhe que procurasse um outro lugar para morar. Eventualmente a bela casa em Santa Teresa servia de pouso para outros companheiros. Um deles chegou a ficar vários dias, recuperando-se de um ferimento na perna. Era mais velho e, pela forma como todos o tratavam, dava para perceber que era alguém importante na hierarquia da organização. Enquanto ele esteve por lá, ninguém na casa recebeu visitas.

Raquel viajou para Brasília a contragosto. Não pôde nem esperar a primeira data marcada com o namorado, e sabia que não voltaria a tempo para a segunda alternativa. Na rodoviária, permaneceu mais de uma hora aguardando o tempo de ir cumprir o "ponto", no local onde um companheiro iria encontrá-la.

Enquanto esperava, ela viu um conhecido de Belo Horizonte aproximar-se. Mas, estranhamente, ele passou sem cumprimentá-la, como se não a conhecesse. Daí a pouco, o rapaz repetiu o mesmo comportamento. Finalmente, na terceira vez, ela atinou que talvez fosse ele o companheiro por quem estava esperando. Então, falando alto, para que ele pudesse ouvi-la, pronunciou corretamente a senha, como fora orientada no Rio. Mais tarde, ele confessou que nunca iria imaginar que alguma vez fosse encontrá-la em tais circunstâncias.

Parte da tarefa de Raquel em Brasília consistia em dirigir-se a um banco e sacar uma vultosa soma depositada em seu nome, no Rio de Janeiro. O próprio gerente se incumbiu de ajudá-la, levando-a para uma sala reservada para contar o dinheiro, enquanto a bombardeava com perguntas. Algum tempo depois, ela ficaria sabendo que esse mesmo gerente se encarregara de comunicar sua estranheza aos superiores. Afinal, era óbvio, nenhuma garota como aquela, mesmo que fosse filha de milionários, movimentaria uma conta tão alta.

Raquel, ao perceber a desconfiança do funcionário, saiu apressada do banco. No hotel, entregou ao jovem companheiro, com quem se encontrara no "ponto", o envelope com todo o dinheiro. Ele era um dos dirigentes de sua organização naquela região. Naquele mesmo dia, os órgãos de segurança foram informados de que havia uma "novata" na praça. Por sorte, o bancário dedo-duro, querendo valorizar sua perspicácia, descreveu-a, fantasiosamente, como uma mulher loura, bonita, com mais de 1,70m de altura.

A ida de Raquel para o Distrito Federal significou, também, um reencontro com a infância. As famílias de vários de seus amigos, criados naquela cidadezinha goiana — para onde seu pai fora transferido quando ela era ainda muito pequena —, haviam mudado para Brasília logo após a sua inauguração, em 1960. Sem ter muito o que fazer, aguardando as instruções do Comando, Raquel decidiu reencontrá-los. Pelo catálogo telefônico conseguiu localizar aquela que fora sua melhor amiga, até os 13 anos de idade.

As duas moças passaram a sair juntas todas as noites para bares e boates. A todos, Raquel explicava que estava providenciando sua transferência para a universidade, onde o namorado já estudava. Isso, para o caso de ser vista na companhia do seu companheiro de organização.

A amiga de infância, que praticamente morava sozinha em um amplo apartamento na Asa Sul, ofereceu-se para hospedá-la. Seus pais passavam a maior parte do tempo na fazenda e o irmão mais velho estudava fora. Alguns dias depois, contudo, Raquel foi informada de que fora escalada para uma outra missão, dessa vez nas proximidades de Goiânia.

— A organização está abrindo uma nova frente na área rural, e um companheiro já está em um local provisório — explicou o dirigente. — Mas nós precisamos de uma mulher para simular um casal, pois, assim, o entrosamento na comunidade ficará mais fácil.

— Mas quando eu vim para cá minha ideia era a de que ficaria por pouco tempo. Eu pretendo voltar para o Rio de Janeiro — argumentou Raquel, um pouco aflita.

— Agora não dá, você sabe disso. As coisas por lá estão muito complicadas. É arriscado. Além do mais, aqui você será mais útil — decidiu o rapaz. — Será por pouco tempo, até que todo o grupo goiano seja transferido para uma área definitiva. Aí, então, se não houver risco, você volta — concluiu.

Raquel viajou para Goiânia no dia seguinte, contrariada, na companhia de dois militantes. Ao chegarem na entrada da cidade, seus olhos foram vendados para que ela não reconhecesse o trajeto, caso, porventura, fosse presa. Desceram na casa de um deles, em um bairro pobre, na periferia da cidade, onde os familiares foram muito gentis com a "moça carioca". Ela passou a noite em um colchão colocado na cozinha, pois não havia mais espaço. A mala que levava chamava atenção.

Assim que amanheceu, a garota e os dois rapazes iniciaram outra maratona. Ela, novamente, com os olhos vendados. Pararam em um lugar mais pobre que o primeiro. Na casa vazia, havia apenas uma esteira.

Chovia sem parar, o mofo se espalhara pelas paredes e as goteiras encharcavam o chão. Os jovens entregaram-lhe uma garrafa de água mineral, um pacote de biscoitos e saíram, rapidamente. Um deles, contudo, antes de trancar a porta, deu-lhe um pequeno revólver com a recomendação de atirar pra valer, se fosse necessário.

Tal situação deixou Raquel muito assustada. Cada vez que um carro passava pela rua, ela ficava transtornada. À noitinha os companheiros voltaram, trazendo sanduíches e uma garrafa de cachaça. Deitaram-se os três, atravessados na esteira, e dormiram.

O dia ainda não havia raiado quando eles iniciaram nova viagem, com destino a um vilarejo de difícil acesso a poucos quilômetros de Goiânia. Era ali que Raquel iria viver em um pequeno sítio pertencente a um homem beirando os 70 anos, casado com uma mulher que não passava dos 40. Tinham um filho pequeno, franzino e bastante claro, como o pai que lhe dera um nome russo, do qual restara apenas o apelido: Kovi. A casa era humilde, de chão batido, mas muito limpa. O banheiro era uma fossa, do lado de fora. Na sala, improvisaram um catre onde ela e o "marido" iriam dormir.

Pelo visto, a chegada de Raquel era aguardada com ansiedade. Chamaram até alguns vizinhos para receber a hóspede da cidade. Moça nova, que não conhecia nada da vida na roça. O "marido", padrinho do Kovi, havia sido operário em São Paulo. Conseguira juntar um dinheirinho e também queria comprar um terreno naqueles cafundós.

Essa era a explicação que o velho dava para acalmar a curiosidade dos que não entendiam a presença daqueles dois estranhos em sua casa. Na mocidade, ele também havia sido operário. Comprou o sítio quando se aposentou, mas, confessou a Raquel, um dia seu maior sonho era que viesse logo a "revolução" para que repartissem os bens e ele pudesse trocar aquela propriedade, que só lhe dava trabalho e desgosto, por uma quitanda na cidade.

A mulher do velho foi quem mais se entusiasmou com a chegada de Raquel, pois teria companhia. Era muito faladeira e, ao ver a moça, passou a tratá-la como uma irmã. Comprometeu-se consigo mesma a ensiná-la a lavar, passar, cozinhar e cuidar da horta.

Antes de saírem de Brasília, precavidamente, o companheiro dirigente da organização comprou dois vestidos bem simples, em alguma loja popular, e também um par de sandálias de borracha. Determinou que Raquel trocasse a calça Levis por aquela roupa, mas não houve jeito de convencê-la a abandonar a sofisticada mala, que havia substituído o seu antigo saco de viagem. E essa mala, que ela mantinha bem trancada, era um verdadeiro fascínio para a dona da casa. Em uma ocasião, surpreendeu-a tentando abri-la. Fez que não viu.

Raquel estava infeliz e, desde o primeiro momento, percebeu que seu relacionamento com o tal "marido" não daria certo. Ele era um sujeito baixo, moreno, meio truculento e grosseiro. Dizem que, apesar da aparência carrancuda, era solidário e tinha um ótimo coração. Ela nunca pôde percebê-lo, pois o clima entre eles era de pura animosidade.

— Eu estava esperando uma companheira e vocês me aparecem com essa mocinha cheia de frescuras — ele reclamou aos rapazes que a levaram. — Isso não vai dar certo, não vai resolver o nosso problema. Ela não deve saber nem atirar pedra em passarinho.

Mas, como não havia alternativa, ele teve que se conformar. E pior: para desespero de Raquel, decidiu levar o matrimônio a sério, ou seja, literalmente consumá-lo. Todas as noites era aquele inferno: ele insistia e ela recusava, mas cuidando para que o velho e a mulher não percebessem. Então, com a esperança de que ele parasse de importuná-la, ela falou-lhe de seu caso amoroso no Rio de Janeiro, com um militante de outra organização, e da sua tristeza por não ter comparecido aos dois encontros, previamente marcados. Pra quê! O homem ficou furioso, como se realmente fosse um corno. Chegou a ameaçá-la de expulsão, por estar comprometendo a todos com aquele comportamento leviano. Assim que fossem remanejados daquele local, ele iria comunicar o fato ao comando da organização e ela poderia até ser justiçada. Mas, naquele momento, dispensá-la era impossível. Como é que iriam explicar para os outros? Raquel, então, mesmo com medo das ameaças, decidiu ir embora. Ele que inventasse uma desculpa para justificar sua ausência.

Por intermédio da mulher do velho não foi difícil descobrir exatamente onde eles se encontravam, e a melhor maneira de sair dali, isto é, de chegar a Goiânia. Pouco depois, a oportunidade surgiu, quando o velho e o "marido" viajaram para ver as tais terras que este último "pretendia comprar".

Raquel chegou a Goiânia no início da noite, depois de percorrer a pé o trajeto de quatro quilômetros do sítio até a rodovia onde tomou o ônibus. Ela viajou bastante tensa. Ao descer na rodoviária, dirigiu-se imediatamente para o toalete, abriu a mala, escolheu uma roupa bonita, despiu-se daquela que estava usando e jogou-a no lixo, juntamente com os chinelos de borracha. Calçou sapatos, passou batom, penteou os cabelos e saiu. Tomou um táxi e pediu ao motorista que a levasse para o melhor hotel da cidade. Ela estava com dinheiro, pois não havia gastado nada do que recebera ainda em Brasília.

Preferiu hospedar-se com sua verdadeira identidade — ainda permanecia com a dupla documentação —, pois concluíra que a falsa estava mais visada que a original. Ao entrar na suíte, foi direto para o banheiro, após tanto tempo sem usar um vaso sanitário com um papel higiênico decente. Em seguida, preparou um drinque e entrou na banheira, transbordante de espuma, tentando chegar a um acordo com a própria consciência. Naquele momento, só tinha uma certeza: para ela, era o fim da linha.

Em Brasília, ao comunicar ao companheiro dirigente a sua decisão de abandonar o local, ela ficou surpresa com a reação do rapaz. Ele confessou estar aliviado por encontrá-la a tempo, pois havia decidido sair do país e aconselhou-a a fazer o mesmo. Antes, relatou divisões na cúpula e dissidências dentro da organização; informou-a sobre os companheiros que haviam sido presos; falou do cerco fechado pela repressão. Mas a garota decidiu que o melhor, naquele momento, mais uma vez, era refugiar-se na casa da família.

Raquel viajou naquela mesma noite. Alguns dias depois, recebeu um telefonema estranho, meio sem pé nem cabeça, de sua amiga de infância. A moça dizia querer apenas saber quais eram os seus planos futuros, quando voltaria a Brasília. No outro dia, antes das 6h da manhã, a campainha tocou. Logo depois, seu cunhado ouviu-a sussurrando.

— Mãe, é a polícia.

# Capítulo 10

Foi na prisão que Raquel ficou sabendo como a repressão conseguiu localizá-la: um dos militantes foi preso em Goiânia e entregou o apartamento onde ela se hospedara em Brasília. Os policiais vasculharam a casa e, entre alguns pertences deixados por ela, na pressa da fuga, encontraram uma correspondência de dona Bené. De posse do endereço, conseguiram o número do telefone, e obrigaram a amiga de infância, que sabiam ser inocente, a fazer aquela estranha ligação. Queriam ter certeza de que a "guerrilheira" estaria em casa, para pegá-la de surpresa.

Surpresa maior teve Raquel quando soube que estava sendo acusada de participar de uma "rede subversiva que se preparava para tomar o poder no Planalto Central". A notícia do desmantelamento desse grupo não foi publicada em nenhum veículo de comunicação de grande porte, nem mesmo no *Jornal do Brasil*, embora a nota tenha sido distribuída pela *Agência JB*. Aproveitando-se do cochilo do censor, o pequeno *O Diário*, de Belo Horizonte, estampou na primeira página, na edição do dia 12 de maio de 1970: "A polícia informou ontem ter desarticulado um núcleo de operações subversivas, supostamente destinado à obtenção de armas pesadas e à realização de um plano estratégico para controle do Centro-Oeste do país, no caso de uma conflagração nacional. A organização planejava para os próximos dias uma ação de envergadura para o roubo de dinheiro e armas pesadas, sobretudo as da Polícia Militar, e da guarda do Palácio do Governo."

O pior, para Raquel, é que esta ação não tinha nada a ver com o seu antigo grupo de militantes. Por sorte, os militares não sabiam de sua passagem pelo Rio de Janeiro. Sabiam apenas de sua estada e contatos em Goiânia e Brasília. Mas, como dizia sua amiga carioca, até que se prove que gato não é elefante...

No quartel para onde a levaram, era a única mulher, em meio a mais de 40 presos políticos. Ela quase nunca fala sobre este período. E quando isso acontece, em geral, é para lembrar-se de coisas pitorescas. Para poder esquecer as coisas ruins, precisou apegar-se às boas, uma das quais foi a solidariedade por parte dos demais presos que, dentro dos limites óbvios, assumiram uma atitude protetora.

Ao ser levada para a cela, todos já haviam sido advertidos de que ela estaria incomunicável. Ainda assim, naquele mesmo dia, bem tarde da noite, o rapaz que estava na cela ao lado chamou-a baixinho.

— Sob a pia, na fresta entre o cano e a parede, tem uma gilete, para o caso de você precisar... — disse o preso que, antes dela, ocupara aquela cela. — Eu espero que isso não aconteça, mas, aqui, a gente nunca sabe... — completou.

Nessa mesma madrugada, ele orientou-a a colocar o ouvido no ralo de escoamento de água, em frente ao vaso sanitário, para escutá-lo melhor. Ele explicou-lhe que faria algumas perguntas e ela responderia apenas "sim" ou "não". "Sim", o equivalente a dois toques na parede; "não", um toque. Dessa forma, ele pôde informar-se sobre a que organização ela pertencia, o seu lugar de origem, como estava sendo tratada etc. Finalmente, para aliviar um pouco a tensão, ele perguntou:

— Você é casada?... Ótimo! — exclamou quase sussurrando, quando ela respondeu com apenas um toque na parede.

Raquel logo percebeu, pelo sotaque, que esse seu vizinho era paulista. Era um rapaz alegre, brincava com todo mundo, passava quase que o dia inteiro jogando xadrez a distância com o preso da cela em frente a sua. Aliás, foi ele quem apelidou o corredor onde suas celas se localizavam de "ala rosa", já que boa parte dos que se encontravam nas laterais pertenciam à organização chamada Ala Vermelha. Raquel nunca mais teve notícias dele, de forma que ele também nunca soube de sua importância para que ela pudesse suportar melhor aquela temporada.

As celas só tinham meia parede — o restante até o teto era gradeado —, então na dela foi colocada uma cortina de plástico cor-de-rosa para que pudesse ter um pouco de privacidade. Ou seja, para que não fosse vista por quem passasse pelo corredor. A ordem era a de que só abrisse a cortina para receber a comida. Mas quando ouvia o barulho de alguma porta se abrindo, ou passos fora de hora no corredor, ela corria para espiar por entre as frestas.

O paulista orientou-a sobre a importância de se estabelecer uma rotina diária de pequenas atividades.

Cobrava dela que fizesse exercícios físicos; emprestou-lhe o livro *Quarup*, de Antonio Callado; consolava-a, ao ouvi-la chorando. Quando um dos soldados comentou que ela não comia quase nada, passou a reservar-lhe as frutas e doces que recebiam, às vezes.

Depois de mais de um mês na prisão, Raquel já se arriscava a conversar com seu vizinho em voz alta e, por isso, volta e meia era advertida por um dos sargentos que faziam a guarda diurna. Um belo dia, esse militar resolveu acabar com aquele "namoro". Transferiu o rapaz para outro corredor, no lado oposto, deixando-a, então, absolutamente só na "ala rosa".

Raquel eventualmente recebia a visita de um amigo, que seu cunhado conseguira contatar em Brasília. Era um arquiteto bem-sucedido que, ainda recém-formado, integrara a equipe de Oscar Niemeyer na construção da capital. Mesmo arriscando-se a ser considerado suspeito, ele levava-lhe as cartas, roupas, livros, cigarros e outras encomendas que a família enviava. Comida não podia entrar. Fósforos e isqueiros, também não. Mas o paulista, seu antecessor na cela, arrancou a tampa de um interruptor, para que fosse possível acender o cigarro com a faísca provocada pelo contato dos fios.

Passada a pior fase, a dos interrogatórios, e agora sem ninguém por perto, Raquel foi se adaptando a uma rotina de completa solidão. Com a tal gilete deixada sob a pia, improvisou, no cabo do pente, o gancho de uma agulha de crochê, para tecer um tapete com o barbante que a mãe lhe enviara.

Às vezes, para seu desespero, um militar, à paisana, mas aparentando alta patente, aparecia com lápis e papel na mão, obrigando-a, com toda a sorte de ameaças, a escrever sua confissão, de próprio punho. Ameaçava transferi-la para o Rio ou para Goiânia, onde, segundo ele, ela aprenderia o que era a prisão, narrando, com requintes de detalhes, o que era feito por lá. E ela escrevia suas histórias, ingênuas e fantasiosas, dos tempos de estudante, ainda em Belo Horizonte, de assembleias e passeatas. Toda essa pressão era para que informasse o paradeiro do dirigente da organização no Distrito Federal, o único que conseguira escapar. Mas ela não sabia. O militar lia aqueles papéis com raiva contida, dava-lhe mais um tempo para refrescar a memória e saía, prometendo voltar para uma nova sessão ou, então, cumprir suas promessas. Graças a Deus, ele não manteve a palavra.

Ao puxar o fio da memória, as lembranças de Raquel — algumas tão bem guardadas —, sucedem-se como água represada, sem que seja possível contê-las, ou selecioná-las. Ela recorda-se, também, desse mesmo oficial que, em uma de suas aparições repentinas, chegou com um certo ar amistoso, como se quisesse confortá-la. Ele informou-a de que haviam contatado seu pai, no Piauí, e este lhe mandava um recado, pedindo que colaborasse em tudo, pois sua prisão poderia prejudicar-lhe a folha de serviços, retardando, assim, a promoção com a qual pretendia aposentar-se.

— Só isso? Nem uma carta, uma demonstração de carinho, a possibilidade de uma visita? Não pode ser! — ela lastimou, intimamente, tentando conter as lágrimas.

Este foi um dos dias que Raquel se esforçou para esquecer. Tinha consciência de que o pai nada poderia fazer para ajudá-la. Sabia de casos de militares, de mais altas patentes, que pouco puderam intervir pela sorte de familiares em poder da repressão. Mas, desde que fora presa, libertara seu coração das amarras do ressentimento que sentia pelo pai, por causa do comportamento dele para com a mãe, e lutava para não sucumbir à sensação de abandono e fragilidade que a ausência dele lhe causava. Ela nunca soube se ele tomou conhecimento de sua prisão, se realmente lhe mandou aquele recado, se escreveu-lhe, e não lhe entregaram a carta, se proibiram suas visitas. Só voltou a encontrá-lo muitos anos mais tarde, já em seu leito de morte. Restou a dúvida que até hoje ainda a tortura, todas as vezes que alguém lhe pergunta:

— E o que fez seu pai, que era militar?

Além das celas individuais, onde ficavam os presos considerados especiais, "peixes grandes" (dirigentes ou pessoas com curso superior, e ela, por ser a única mulher, e estar incomunicável), havia duas outras maiores, com capacidade para 15 homens cada uma. Nelas ficavam os chamados "bagrinhos", e os presos que já estavam cumprindo pena. De vez em quando, os militares promoviam rodízios para evitar a consolidação de grupos.

Os presos que ficavam nas celas coletivas tinham direito a rádio e um deles tinha até uma pequena vitrola, com horário de funcionamento limitado. E isso, para Raquel, era bom, pois seu proprietário não possuía muitos discos e seu gosto, com raras exceções, era pouco universal. De sua cela, Raquel podia escutar, repetidas vezes, a cantora Vanusa interpretando "quando o carteiro chegou, e o meu nome gritou, com uma carta na mão...".[36] Mas quando ouviu pela primeira vez Paulinho da Viola cantando "foi um rio que passou em

---

[36] "Mensagem", de Cícero Nunes e Aldo Cabral.

minha vida", ela chorou e, de sua cela, infringindo todas as normas de disciplina, gritou pedindo bis.

Durante os jogos do Brasil na Copa de 1970, os militares colocavam uma televisão em uma das celas coletivas e levavam todos os presos para assistir. Em uma dessas ocasiões, os rapazes fizeram um apelo para que Raquel também fosse. Caso contrário ninguém iria. O tenente que estava de guarda acabou cedendo. É que, naquele dia, viria alguém fotografá-los assistindo à partida. As denúncias de mortes e torturas nas prisões estavam repercutindo negativamente no exterior. O país estava na lista negra com relação ao descumprimento dos direitos humanos. Eles queriam aproveitar aquela oportunidade para mostrar à imprensa que seus presos eram bem tratados. Estes se recusaram a posar para a tal foto, mas, até lá, todos já estavam na cela coletiva, apinhados em frente à televisão, inclusive Raquel. Antes de ser levada, ela escutou um pequeno sermão do tenente.

— Você vai ser trancada dentro de uma cela com 40 homens. Alguns não sentem o cheiro de mulher há mais de um ano. A responsabilidade pelo que acontecer por lá é inteiramente sua. E não adianta gritar, porque nós só vamos buscá-la depois que o jogo acabar. Estamos entendidos?

Os companheiros receberam-na com carinho, alegria e curiosidade. Também eles, que a viam pela primeira vez, surpreenderam-se com sua aparência frágil, ainda mais acentuada pela magreza. Durante o período em que passou na prisão, ela perdeu quase 10 quilos. Levou anos para recuperá-los.

Nessa mesma ocasião, outro acontecimento mexeu com a emoção de todos. O embaixador alemão foi sequestrado e a relação de presos a serem soltos era enorme: 40 pessoas. O clima no quartel era tenso. Os rádios das celas coletivas foram confiscados e as visitas suspensas. As negociações demoraram dias até se chegar a um acordo sobre os prisioneiros a serem libertados. Alguns deles, que constavam da lista inicial, não foram localizados. Estavam desaparecidos. A localização de outros era dificultada pelo fato de ser comum o intercâmbio de presos entre os órgãos de segurança, fazendo com que eles próprios perdessem o controle sobre seus destinos.[37]

Havia muita expectativa, dentro e fora dos presídios. As famílias tentavam, desesperadamente (e em vão), entrar em contato com os familiares que estavam presos. Imagine-se a angústia de uma mãe, um pai, um marido, uma esposa, um filho, uma filha, um irmão, uma irmã, ao tomar conhecimento de que seus entes queridos não estavam sendo localizados. Muitos sofriam, com os corações divididos, entre a alegria de vê-los em liberdade, longe do inferno daquelas prisões, e a angústia de saber que talvez não fossem reen-

---

[37] "...Paralelamente à escalada das ações armadas, a ditadura ia aperfeiçoando seu aparelho repressivo: além dos já existentes Departamentos Estaduais de Ordem Política e Social (DEOPS), criou em junho de 1969, extraoficialmente, a Operação Bandeirantes (Oban), organismo especializado no combate à subversão, por todos os meios, inclusive a tortura sistemática. Em setembro de 1970, a Oban integrou-se ao organismo oficial, recém-criado pelo Exército, conhecido como DOI-CODI (Destacamento de Informações — Centro de Operações de Defesa Interna). A Marinha tinha seu órgão de inteligência e repressão política, o Centro de Informações da Marinha (Cenimar), correspondente ao Centro de Informações e Segurança da Aeronáutica (CISA), e ao Centro de Informações do Exército (CIE)." RIDENTI, Marcelo. "Que história é essa?", in *Versões e ficções: o sequestro da história*. São Paulo: Ed. Perseu Abramo, 1997, p.11-30.

contrá-los nunca mais, pois os caminhos do exílio também eram incertos.

No quartel, em Brasília, durante o período das negociações, todas as manhãs um dos presos fazia a chamada dos demais. Isso porque os militares costumavam buscar os que estivessem incluídos nas listas dos sequestradores na calada da noite, sem que os demais o percebessem. Efetivamente, uma manhã um deles não respondeu. Era um dos militantes a ser trocado pelo embaixador alemão. Saiu com a roupa do corpo, pois não era permitido mais. No entanto, pediu ao carcereiro que distribuísse seus pertences, sobretudo os livros e cigarros, entre os companheiros que ficavam.

Jeová, o rapaz libertado, era bastante alto. Recuperava-se de ferimentos nos braços e nas pernas, decorrentes do pau de arara. Alguns anos depois, ele regressaria ao Brasil para retomar sua luta. Foi morto assim que pisou no país. Mais uma vítima do cabo Anselmo,[38] um ex-militante que passou para o lado da repressão, mas permaneceu infiltrado em sua antiga organização. Chegou a participar de treinamentos para guerrilha, em Cuba. Outra de suas vítimas foi a própria namorada, grávida de um filho dele.

Antes disso, um outro preso, um padre holandês já idoso, foi expulso e deportado para sua terra natal. Deixou o presídio chorando. Ele amava o Brasil como se fosse sua segunda pátria. Escrevia longas cartas para a família, em um dialeto próprio, sabendo que os militares não iriam remetê-las nunca. Mas que também jamais conseguiriam alguém para decifrá-las. É bem

---

[38] Ver SOUZA, Percival Alves de. *Eu, Cabo Anselmo*. Rio de Janeiro: Globo, 1999.

possível que o bem-humorado sacerdote, que todas as manhãs rezava a missa em sua cela, abençoando os presos e condenando os carrascos ao fogo eterno, apenas copiasse o mesmo texto.

A rotina do presídio era frequentemente alterada pela queda de outros militantes. Quando algum dos presos veteranos era citado pelos recém-chegados, iniciava-se uma nova fase de depoimentos e acareações. Nestes dias, era possível ouvirem-se os gritos lancinantes vindos do andar de baixo, onde os interrogatórios eram realizados. Era terrível. Em solidariedade, os presos também gritavam, batiam nas grades, e recusavam a comida. Quase todos que ali estavam, em um lugar ou outro, passaram por tais sessões.

Raquel já estava há meses na prisão, quando um dia sua mãe apareceu para visitá-la, inesperadamente. Numa coincidência difícil de acreditar, os militares decidiram soltá-la. A mãe iria levá-la, mas ela deveria ficar confinada na cidade onde a família morava. Uma espécie de prisão domiciliar.

— Você vai sair daqui quieta. Se der um pio, volta — comunicou o sargento.

Ela, que vinha passando por estados de profunda depressão, só conseguia chorar. Queria despedir-se dos amigos. Talvez, como o velho padre holandês, quisesse ficar por ali, na companhia deles. A mãe não entendeu aquela reação, e ela se trancou em silêncio. Um silêncio guardado por mais de 30 anos.

De novo com a família, a vida de Raquel passou a ser totalmente controlada. Ela continuava incomunicável. No quartel, sua mãe fora alertada pelo capitão de que a filha não poderia manter contato com absolutamente ninguém de fora da cidade, nem por carta ou telefone. Ele deveria ser informado, imediatamente, caso isso acontecesse. Na verdade, sua prisão, ainda que testemunhada pela cidade inteira, fora feita de forma clandestina: sem flagrante, mandado ou ordem judicial. E ela estava de volta para funcionar como uma isca. Os militares esperavam que alguém mais caísse na rede, indo ao seu encontro.

Por seu lado, com a justificativa de que era para o seu bem, a mãe, em pânico com a possibilidade de que a filha voltasse para a prisão, seguia à risca as orientações recebidas e se dava todos os direitos, inclusive o de violar sua correspondência. Para o "bem" de Raquel, os raros amigos que lhe restaram na cidade, à exceção da professora, estavam proibidos de entrar na casa. Quando saía, tinha hora marcada para voltar. Até as roupas que usava passaram a ser controladas, assim como o cigarro. Só recebia dinheiro para comprar um maço, de três em três dias. Por isso, ela passou a se valer das moedas do pequeno cofre do sobrinho que, com habilidade, conseguia retirar.

Raquel sentia-se sufocada com aquela superproteção. Grades invisíveis cercavam-na por todos os lados. Se, antes, vivera sob o lema do "é proibido proibir", agora tudo lhe era proibido. Era como se a cidade inteira lhe tivesse virado as costas. À exceção dos bares, todas as portas estavam fechadas. Nada de convites, bailes ou festas. Até um rapazinho, filho de um fazendeiro, com quem antes ela saíra algumas vezes, fora obrigado pelo pai a deixar a cidade por uns tempos. Antes, contudo, o patriarca fez chegar a Raquel o recado de que ela não deveria procurá-los, nunca mais.

Já a irmã de Raquel, professora de História, passou a notar que suas aulas despertavam cada vez mais a atenção do diretor do colégio. Com frequência ele dava uma "espiadinha" em sua sala. A família toda se sentia reclusa. Apenas uma vez a mãe se permitiu uma transgressão. Ignorando a determinação dos militares, arrastou a filha até Aparecida do Norte, em São Paulo, para cumprir uma promessa. Afinal, segundo ela, suas preces foram atendidas: a filha estava em liberdade. Anos depois, quando se mudaram da cidade, dona Bené jurou nunca mais retornar. E cumpriu também essa promessa.

Uma noite, pouco mais de um mês desde sua volta, o capitão apareceu na cidade para buscá-la. Raquel achou aquilo muito estranho, mas não teve ânimo para reagir. Desde que saíra da prisão ela não vinha se sentindo bem. O militar, no entanto, comunicou à família, já em pânico, que eles viajariam na manhã seguinte. Só que, de madrugada, a garota acordou com dores no abdome, uma hemorragia fortíssima e frequentes quedas de pressão. Foi levada quase que em coma para o hospital. Todo esse procedimento foi acompanhado de perto pelo capitão, uma presença muda e gelada na sala de espera.

Quando voltou a si, agitada pelo efeito da anestesia, com os braços imobilizados pelo soro e a transfusão de sangue, o médico apareceu no quarto. Um senhor por volta dos 60 anos, baixo e gordo, com a aparência um tanto desleixada e a fama de excelente cirurgião. Ele pediu aos parentes e amigos que saíssem para que examinasse a paciente. Levantou o lençol e observou o corte feito com precisão, bem abaixo do umbigo, como quem admira uma obra de arte. Pela primeira vez fizera uma incisão horizontal.

— Você nasceu de novo. E eu segui a marca do biquíni, para não deixar uma cicatriz feia em sua barriga — explicou o médico.

Raquel escutou-o em silêncio, e ao lembrar-se de que seria novamente levada para a prisão, seu desespero aumentou. Então, ela contou para o médico a sua história, dos dias na prisão e de tudo por que passara, mas pedindo que ele guardasse segredo, exatamente para proteger a mãe de mais um sofrimento.

O velho cirurgião fez mais. De próprio punho redigiu um laudo atestando que sua paciente, em menos de 40 dias, não teria condições físicas, nem psicológicas, de ser afastada do convívio familiar. Sua saúde estava bastante debilitada, necessitando cuidados especiais.

— Pelo que eu sei, essa menina esteve sob a sua responsabilidade até dois meses atrás. O senhor, certamente, deverá ter uma explicação para a causa do problema que quase a levou à morte — teria dito o cirurgião ao militar.

Sem alternativa — e tendo suspeitado, no começo, de que tudo não passava de uma encenação —, o capitão despediu-se com a promessa de retornar no prazo estipulado pelo médico. Não retornaria nunca mais, mas Raquel, naquele momento, jamais poderia imaginar que isto pudesse vir a acontecer.

Raquel passou o período de convalescença contando os dias. A proximidade do término daquela quarentena a deixava cada vez mais angustiada. Um dia, sua irmã resolveu contar-lhe o motivo da ida do capitão até a cidade e o futuro que os militares reservavam para ela: a participação em um programa de auditório, na televisão, onde ela deveria aparecer dizendo-se arrependida de tudo o que fizera, responsabilizando os antigos amigos pelo seu envolvimento com a subversão.

Alguns prisioneiros do sexo masculino já haviam sido "convencidos" a se prestar a esse papel — inclusive o rapaz de Goiânia que denunciou o apartamento onde ela se hospedara em Brasília. Mas eles queriam uma mulher, uma militante (o que nunca conseguiram). Com seu jeito de menina, o capitão apostava que o impacto junto à opinião pública seria maior. Em contrapartida, ela receberia uma pensão pelo resto da vida; se quisesse, poderia ir estudar nos Estados Unidos, na universidade que escolhesse. Iriam apagar todo o seu passado.

Aquilo motivou uma reação de Raquel que a irmã não esperava. A mãe tentou, de todas as maneiras, convencê-la de que tudo aquilo era para seu bem. Se ela não concordasse, eles poderiam obrigá-la a participar do programa à força, utilizando-se sabe-se lá de quais métodos de convencimento. Mas ela recusava-se, categoricamente. Não iria carregar aquele peso na consciência pelo resto da vida por nada desse mundo.

Desde então, a ideia de sair da cidade tornou-se uma obsessão para Raquel. Mais uma vez, ela teria que fugir. Conseguiu convencer a família de que teria que ir a Belo Horizonte tirar novos documentos. Prometeu viajar no domingo à noite, regressando na segunda-feira, sem falta. Ninguém notaria sua ausência.

Assim foi feito. Novamente ela deixou a casa, praticamente com a roupa do corpo. Chegou de manhã e foi direto para a casa de uns amigos, que a receberam com surpresa, pois não a viam desde que ela deixara a cidade, havia quase dois anos. As notícias que tinham dela eram desencontradas: alguns diziam que estava presa; outros que, na melhor das hipóteses, estaria clandestina ou fora do país. Em pouco tempo, Raquel contou-lhes tudo o que acontecera, o drama que vivia naquele momento, e pediu-lhes dinheiro emprestado para comprar uma passagem de ônibus para o Rio de Janeiro.

# **Capítulo 11**

Raquel chegou ao Rio a tempo de se despedir da amiga carioca e do americano. Eles estavam casados e de mudança para os Estados Unidos. Ela novamente hospedou-se no apartamento do jornalista, mas não poderia ficar por muito tempo. Se o capitão estivesse mesmo em seu encalço, acabaria descobrindo seu paradeiro.

Enquanto discutiam sobre o que seria melhor para ela, naquele momento, duas alternativas se apresentavam. Uma delas seria deixar o país, mas isso era praticamente impossível. Sua antiga Organização estava totalmente desbaratada, os sobreviventes que não haviam sido presos estavam literalmente sendo caçados, e os amigos não tinham recursos para financiar sua fuga. Outra alternativa seria conseguir uma forma de tornar público que ela estava em liberdade. Furar o roteiro que os militares haviam preparado, com aquela tramoia de levá-la à televisão. Da janela, olhando para a estação de TV que ficava do outro lado da rua, o casal pensou em tentar incluí-la como extra nas gravações de alguma telenovela. Não seria difícil, pois o jornalista tinha bons contatos na emissora.

Eles estavam nesse dilema quando Raquel viu na televisão a chamada para o concurso da "careca mais bonita do Brasil", promovido pelo apresentador Flávio Cavalcanti, patrocinado pelas Perucas Lady e a Magnus Filmes. O quadro chamava-se "Uma cabeça de mulher para o cinema", no qual seria escolhida a estrela de um novo filme, com o ator Jece Valadão. Além dos brindes oferecidos pelos patrocinadores, a primeira colocada receberia um prêmio de mil cruzeiros. Mais de cem moças inscreveram-se e 20 foram escolhidas para participar da disputa: Raquel estava entre elas.

O programa era exibido nas noites de domingo e só perdia em audiência para Chacrinha, o Velho Guerreiro. As sucessivas fases eliminatórias estenderam-se por um mês, chegando-se, então, às cinco finalistas. No primeiro dia, cada uma das moças era chamada e, com a câmara em close, tirava a peruca, exibindo a careca.

Dona Bené estava na cozinha, preparando o jantar, quando ouviu o netinho chamando pela tia, apontando para a televisão. Foi um choque. Desde o dia em que Raquel viajara para Belo Horizonte, com a desculpa de tirar novos documentos, ela não tinha notícias da filha. E, ao vê-la com a cabeça raspada, sem entender o que estava acontecendo, imediatamente concluiu que ela fora presa novamente e levada para o tal programa, onde deveria renegar seu passado, como queriam os militares.

— Graças a Deus não era nada — mais tarde ela explicaria à filha mais velha. — Era só mais uma loucura da sua irmã.

Seja lá como for, essa foi a solução encontrada pela garota para dar seu recado ao país inteiro, mostrando, a quem pudesse interessar, que estava em liberdade, longe da militância política. Sua foto foi publicada até em revista de circulação nacional. E, após um mês, encerrados todos os compromissos relacionados ao concurso, ela retornou à casa da família. Novamente mexera com aquela (então) pacata cidade do sul de Minas. Sua chegada voltou a ser noticiada pelo colunista, já confiante em que Raquel havia se regenerado e viria, em breve, se transformar em uma estrela de TV.

Raquel permaneceu na cidade por mais de um mês, aguardando a volta do militar para buscá-la. Não corria mais o risco de ser obrigada à farsa antes premeditada, mas também não queria continuar vivendo como uma fugitiva. Queria enfrentar logo a situação para poder retomar sua vida em paz. Sem que ele aparecesse, ela concluiu que, finalmente, haviam desistido dela. Então voltou para o Rio, disposta a viver por lá, definitivamente.

Desde que sua organização havia decidido sua transferência para Brasília, Raquel nunca mais estivera com o antigo namorado. Mas, nos momentos mais difíceis, era à lembrança dele que se apegava. Naquela situação, seria perigoso tentar restabelecer o contato. Queimada como estava, talvez até vigiada, a possibilidade de prejudicá-lo, caso insistisse em reencontrá-lo, era grande. Às vezes tentava imaginar o que ele teria pensado caso a tivesse visto na televisão, no programa de uma das figuras mais odiadas pela esquerda naquela época, com fama (nunca comprovada) de dedo-duro. Afinal, pouquíssimas pessoas sabiam de seus motivos, e ela pensava, com tristeza, que talvez também ele não tivesse compreendido aquele seu comportamento.

No Rio, Raquel começou novamente a procurar emprego, sempre com o mesmo problema: não sabia fazer nada. Além do mais, em vários lugares deram para exigir *Atestado de Bons Antecedentes*, fornecido pelo antigo DOPS. Sua mãe não lhe dava a mesada, pois não queria mais continuar financiando suas loucuras. Às vezes, ela conseguia uns bicos como garçonete. Tentou, também, sobreviver com artesanato. Chegou até a fazer umas bolsas de couro bonitas. Tecia pulseiras e gargantilhas de palha e contas. Improvisava batas com uns panos listrados, do tipo usado antigamente em colchões. O que conseguia com as vendas, contudo, era muito pouco. Sentia-se constrangida por continuar morando de favor na casa daquele casal amigo. Eles tinham três filhos e a despesa era muito grande para continuarem mantendo mais uma boca. Sem alternativa, ela decidiu voltar para Belo Horizonte, para onde sua família havia retornado. Iria tentar um novo vestibular.

Certa noite, passava das 22h, Raquel já tinha tomado quase todas, quando uma amiga entrou no bar muito assustada, procurando por ela. A moça acabara de ouvir na televisão, em edição extra, que dois rapazes mineiros haviam sido mortos em um tiroteio com a polícia. Parece que resistiram à prisão. Os nomes ainda não tinha sido divulgados.

Aquele aperto no coração não lhe deixou sombra de dúvidas, apenas uma vaga esperança. Decidiu esperar até meia-noite, quando o primeiro matutino começaria a circular. Saiu e sentou-se no meio-fio da calçada, esperando pelo jornaleiro que, inevitavelmente, dali a pouco chegaria, gritando as manchetes como se fosse um louco. Por sorte, a rua estava deserta. O vento forte anunciava um temporal que não demoraria a cair. Mas, antes que isso acontecesse, o garoto chegou, escancarando a manchete com sua voz possante, seu melhor e único instrumento de trabalho.

Raquel comprou o jornal. Duas fotos do tipo 3x4 ilustravam a chamada de primeira página. Não havia mais nenhuma esperança: uma delas era a dele. Foi direto à reportagem, mas não conseguia ler o texto. A chuva desabou e ela abraçou o jornal encharcado, como se tentasse protegê-lo das próprias lágrimas. As imagens foram sucedendo-se em sua memória, cada uma delas associada a uma música. E ali, na maioridade dos seus 21 anos, ela se viu menina, de minissaia jeans e camiseta branca, bronzeada e com os cabelos soltos, querendo apenas poder gritar: "alô coração, alô coração!". Então, levantou-se vagarosamente, passou as mãos pelo rosto e murmurou:

— Acabou!

# Epílogo

A trágica notícia da morte daquele tão querido amigo, barbaramente assassinado, cujo corpo nunca chegou a ser encontrado, significou um marco na vida daquela mulher. Foi como se o ciclo da Raquel também tivesse acabado. Ela levantou-se daquela calçada, determinada a retomar sua história, de onde tudo começou.

No dia 1º de janeiro de 2001, ao terminar este relato, ela escreveria: "Abro a janela e respiro o ar puro que vem com a chuva; abro os braços para a paisagem de prédios e janelas e proclamo, intimamente: Feliz Ano-Novo, feliz novo século, feliz novo milênio, ainda que o dia esteja cinzento e chuvoso. Isso também faz parte da vida." Finalmente, 30 anos depois, ela constatara que é sempre possível frear o carro (quando o destino parece nos conduzir para um abismo sem-fim, como no filme *Thelma e Louise*).

Ainda hoje, para muitos, trata-se de uma mulher amarga, de cara amarrada. É possível, realmente, que ela tenha endurecido um pouco. Mas, como diria o velho Che, ídolo de sua juventude, "sem perder a ternura". Na verdade, ela é apenas esta que vos escreve: memórias ou ficção?

Este livro foi composto na tipologia Classical Garamond BT,
em corpo 12/14,7, impresso em papel off-white 80g/m²,
na Divisão Gráfica da Distribuidora Record.